Re:从零开始的异世界生活 22

Re: Life in a different world from zero

[日] 长月达平/著
[日] 大塚真一郎/绘
温玥/译

待白光散去之时，昂等人已伫立在石砌的空间中——塔内被无数书架环绕着的房间中心。
他下意识拿起书，翻开一看，
只见书里有他熟悉的人名，他正准备查看内容——随后，一段记忆出现在他脑中。
昂眼前一黑。

那人头发随风飘扬，
她听见昴沙哑的低语，随即转过身来。

『等……等一下！』
强烈的蹊跷感驱使昴慌慌张张地
追逐远去的鸟。
『菜月？』

夏乌拉

Shaula

普勒阿得斯监视塔的护星人。
将昴称作师匠。

雷德·阿斯特雷亚

Reid Astrea

最初的“剑圣”，
拯救世界的“三英杰”之一。
可以说他就是“剑圣”家族
阿斯特雷亚家的始祖。

Characters

Re: Life in a different world
from zero
The only ability I got in a different world “Returns by Death”
I die again and again to save her.

昴

Subaru

换上沙漠装备的我们的主人公。
橙色的围巾和黑色的斗篷
让人联想到运动衫。

The only ability I got in a different world "Returns by Death"
I die again and again to save her.
]长月达平/著
]大塚真一郎/绘
玥/译
Re:从零开始的异世界生活 22
Re: Life in a different world from zero
SPM 南方出版传媒 花城出版社
中国·广州

图书在版编目（CIP）数据

Re：从零开始的异世界生活. 22 / (日) 长月达平著；(日) 大塚真一郎绘；温玥译. -- 广州：花城出版社, 2021.12

ISBN 978-7-5360-9522-9

Ⅰ. ①R… Ⅱ. ①长… ②大… ③温… Ⅲ. ①长篇小说－日本－现代 Ⅳ. ①I313.45

中国版本图书馆CIP数据核字(2021)第224031号

合同版权登记号：图字 19-2021-090号
原著名:《Re:ゼロから始める異世界生活 22》，著者：長月達平，绘者：大塚真一郎
Re : ZERO KARA HAJIMERU ISEKAI SEIKATSU 22

本书为引进版图书，为最大限度保留原作特色、尊重原作者写作习惯，故本书酌情保留了部分外来词汇。特此说明。

出 版 人：肖延兵
责任编辑：欧阳佳子
技术编辑：薛伟民　林佳莹
特约编辑：易林子　魏铱霖
装帧设计：袁国维

书　名　Re:从零开始的异世界生活
RE:CONG LING KAISHI DE YISHIJIE SHENGHUO
出版发行　花城出版社
（广州市环市东路水荫路11号）
经　销　全国新华书店
印　刷　中华商务联合印刷（广东）有限公司
（深圳龙岗区平湖镇春湖工业区中华商务印刷大厦）
开　本　787 毫米 × 1092毫米　32 开
印　张　8.125　4插页
字　数　220,000 字
版　次　2021年12月第 1 版　2021年12月第 1 次印刷
定　价　38.00元

联系地址：中国广州市黄埔大道中309号 羊城创意产业园3-07C
电话：（020）38031253 传真：（020）38031252
官方网址：http://www.gztwkadokawa.com/
广州天闻角川动漫有限公司常年法律顾问：北京市盈科（广州）律师事务所

Re: Life in a different world from zero

The only ability I got in a different world "Returns by Death"
I die again and again to save her.

目录
CONTENTS

The only ability I got in a different world "Returns by Death"
I die again and again to save her.

第一章 大图书馆普勒阿得斯

Re:从零开始的异世界生活

Re: Life in a different world from zero

1

在水门都市普利斯提拉，众人与魔女教展开了一场大决战。

胜利的代价是留下了大量伤痕。在战斗结束后，菜月昴一行人启程前往卢克尼卡王国的最东边，即有不少传说的奥格利亚沙丘。

固若金汤的沙海栖息着无数魔兽，就连“剑圣”莱因哈鲁特都挑战未果。越过拦路的沙风，与残暴的魔兽展开攻防，深陷与同伴分离的绝境……在克服了诸多苦难后，昴一行人终于抵达了目的地。

他们进入了传说中“贤者”居住的普勒阿得斯（**注：普勒阿得斯是古希腊神话中提坦神阿特拉斯和大洋神女普勒俄涅所生的七个女儿的统称，又称昴星团七神女，分别是：厄勒克特拉、迈亚、塔吉忒、阿尔库俄涅、墨洛珀、刻莱诺、斯忒洛珀**）监视塔，见到了号称无所不知的“贤者”夏乌拉。

这都是为了仍在水门都市苦等救援的人们。为了找出办法，拯救那些失去“记忆”“名字”，甚至是外貌的人——

“可是，这眼神是什么意思啊？意思是……意思是我错了吗？我可没错！我可没错！”

“昴，别让人太失望了。”

“原本以为巴鲁斯也是有优点的，然而巴鲁斯终究是巴鲁斯啊。”

昴背负着重大使命抵达了目的地，但现在他的尖叫响彻监视塔的中心。

然而，昴拼死的申诉很徒劳，换来的是同伴们冰冷的视线和苛刻的评价——这也是正常的。在被迫分开后，和同伴们再次会合的昴一直没有睁眼，睡了整整两个晚上。

同伴们自然为昴的安危操碎了心。而他刚醒过来，就被衣着清凉的女人紧紧地抱住了。同伴们的安心变成了失望，就算变成鄙夷也不足为奇。

由里乌斯和拉姆投来冰冷的视线也在情理之中。

“你也该放开我了吧……这蛮力是什么情况？”

“才——不——放——呢！”

当事人昴承受着鄙夷的视线，拼命想挣脱紧紧抱住他手臂的半裸美女——据推测，她就是夏乌拉。尽管这样做对一直想相见的“贤者”很粗暴，然而是对方先践踏了礼仪，所以昴也绝不留情。

“可是，挣不脱,——喂，别光围观，来个人帮帮我啊！”

“口水都流下来了，巴鲁斯色狼。”

“才没流口水呢，别组合在一起啊！别乱说啊！爱蜜莉雅炭，好痛！扯头发也帮不了多大忙吧！”

“啊，抱歉，我就没想帮忙。”

“这是道歉?!”

倔强的夏乌拉不肯松开昴的手，爱蜜莉雅面无表情地扯了扯昴的头发。碧翠丝则受到牵连，和昴一起被夏乌拉紧紧抱得头晕目眩，红着脸叫了一声“呜”。

“总、而、言、之！大家都冷静下来！我也要冷静下来——我们来聊聊吧！”

2

昴试图平息事态，扯着嗓子大喊，所有人暂且同意了他的意见。

大家就地坐成一圈，进入准备开始谈话的态势。只不过，夏乌拉没有松开昴的手臂，仍在一旁用脸蹭着昴。

“嗯，师匠，师匠！”

“真下流。”

“你看见刚才的惨状了吗？你觉得我希望我的右手变成这样吗？骨头都严重错位了，继续下去会坏死的。”

面对拉姆轻蔑的视线，昴叹了一口气，望着自己被献祭的右手。

被半裸的美女抱着，单看字面描述感觉赚到了，然而实际情况是弯到极限的关节和肉被勒住的疼痛盖过了美女柔软身体的感受——昴的手都快断了。

“那么，趁着手还没断，继续说事吧。首先，大家平安无事就好。安娜塔西亚小姐和梅莉也是，看见你们的脸我就放心了。”

“菜月也是，能醒过来真是太好了。我生怕你再也醒不过来了，还是有点自责的。”

“虽说很不吉利，不过也不是不可能……梅莉，你也很担心我吗？”

昴将话锋转向会合的二人——安娜塔西亚和梅莉。安娜塔西亚表情柔和，显得很安心，梅莉则形成对比，将脸扭向一旁。

“我吗？担心大哥哥？别这样。我可不想被小佩特拉和小碧翠丝瞪。”

“什么意思？贝亚子和佩特拉的心胸才没这么狭窄！是吧？”

昴从混乱的状态中恢复过来，戳了戳正坐在他腿上的碧翠丝的脸颊。小女孩独有的红脸颊被戳，碧翠丝鼓成气球的脸泄了气。

“那是当然呀。贝蒂才不会为这点小事闹脾气呢。只要遵守顺序，梅莉也可以尽情担心昴呀。”

“听见没，贝亚子也这样说了。来，你可以尽情担心我哟！”

“因为大哥哥跟碧翠丝分开了一段时间，所以脑子出问题了吗？”

“一派胡言！”

梅莉一番与温情截然相反的话语，让碧翠丝红着脸反驳道。

昴没有打扰少女之间温馨的嬉闹，环顾了一遍坐成一圈的同伴们。所有人都平安无事，只是——

“用不着担心，全员都在。虽然如此，但你会不安也正常。晚点再带你去找她和爱龙，到时候再跟他们好好聊吧。”

“我的心都被你看穿了——不对，抱歉，谢谢你的关心。”

由里乌斯察觉到昴的眼神，率先开口了。听见他的话，昴点点头，随后扬起下巴，指着带大家穿越了沙海险境的伙伴——在背后镇守的龙车和地龙，说道：

“既然约瑟夫在那里，就表示它平安无事，但是我没看到帕特拉修。另外……雷姆也不在龙车里。他们两个呢？”

“在上面。我等一下再解释详细情况，不过可以先告诉你，他们正在接受治疗。”

“治疗……不会吧！”

由里乌斯说出的词语让昴始料未及，昴下意识地扑了上去。

“治疗雷姆吗？能治好她吗？她能醒过来吗？”

“冷静，巴鲁斯。别急着下结论。”

“啊……”

拉姆的一番话，给前倾的昴泼了一盆冷水。面对她那锐利的眼神，昴屏住呼吸，抬起的屁股又坐了回去。

“对不起。我说话也欠缺考虑了。”

“那个，昴，我们跟你们会合时，小帕特拉修受了重伤，现在正在塔上面接受治疗。然后，雷姆也在同一个房间里……”

“啊，嗯，明白了。没关系，爱蜜莉雅炭，谢谢。由里乌斯也是，别这么沮丧。都怪我太轻率了。”

昴深呼吸了几次，反省自己的轻率之举。随后，他伸手在稍显沉重的空气中搅了搅，将视线移至上方。

大得恐怖的圆柱状空间不断向上延伸，永无止境。去往上层的手段似乎很原始，需要从沿着塔内壁架设的螺旋状阶梯通行。从设计来看，只能通过长达好几千米的巨大螺旋阶梯前往上层。

“雷姆和帕特拉修在上面，——这一点可以肯定吧？”

“等下带你去找他们，果然还是亲眼看见他们的脸比较放心吧？这次发生的事情确实让大家都心惊胆战的。”

“毕竟在被狙击搞得落荒而逃时，天空突然撕裂，发生了那种事……”

昴和由里乌斯回顾起在沙海分开后的情景，神色凝重地望着彼此。坐在昴左边的爱蜜莉雅也点了一下头，说道：

“我们被吸进撕裂的天空后也很吃惊……不过，因为失散的都是昴、拉姆，还有安娜塔西亚小姐这种不能战斗的人，害得我们非常担心。”

“大姐姐当时特别慌，别提有多混乱了。小碧翠丝哭得稀里哗啦的，我也挺慌的。”

“啊，梅莉又满口谎言了。我很慌是真的，但碧翠丝没有哭得稀里哗啦，也就抽泣吧。是吧？”

“既然要帮别人说话就帮到最后呀，你这天然呆……”

“啊？”

抽泣的事实被揭露，碧翠丝闹起了脾气，然而爱蜜莉雅并未察觉。眼见这温馨的场景，昴扬起嘴角，同时朝由里乌斯耸了耸肩膀。

“那你当时也相当害怕吧？没看见你的表情，实在是太遗憾了。”

“当然了，我当时也很惊慌。你姑且不论，安娜塔西亚大人和拉姆女士可是弱女子。真是抱歉，没让你看见我面无血色地跑来跑去的样子，现在我悬着的心已经放下来了。”

“明明只是怕得惊慌失措，为什么能说得如此优雅？”

由里乌斯习惯性捋着刘海答道，让昴重重地撇起了嘴。不管怎么说，大家都恢复成平常的状态了，实属可喜可贺，剩下的就是……

“巴鲁斯的眼神是什么意思？别用让人不快的眼神望过来。”

坐在昴正面的拉姆一如既往地面无表情，见昴正望着自己，便毫不客气地说道。

白皙的肌肤加浅红色的眼睛，不用强调的标致五官和清爽的美貌，美丽的脸庞宛若介于动人和优美之间的妖娆果实，怎么看都是平时的拉姆。

“看来是没救了。”

“我什么都没说吧？那啥，我是在庆幸你我都没事。在地下不是发生了那事吗？我还记得，最后是你保护了我。”

“纯属浪费时间。”

“我是在谢谢你哟！”

昴脑海中闪过的，是他在地下昏迷前的场景——遍体鳞伤的拉姆站在异形魔兽半人马的面前，挺身保护了昴。

拉姆浑身是伤、即使毫无胜算依然敢于面对强敌的窈窕背影浮现在昴的眼前。她姿态凛然，人格固然崇高，但昴品尝过失去她的恐怖，这更让他难以忘怀。

“可是，真是个不值得道谢的姐姐大人啊……”

“没事的，昴。拉姆只是有点害羞。肯定是因为昴醒来时抱紧了拉姆，这让她很尴尬。好可爱啊。”

“爱蜜莉雅大人！”

爱蜜莉雅抿嘴笑道，遭到拉姆的强烈反对。然而，前面说的话并未因此不作数。如果深度解读这番话——

“对了，我在龙车醒来时，发现我躺的地方很奇怪，空出了一块……我还以为是贝亚子呢，难道是——”

“赶紧忘了。”

眼见昴开始回忆先前的场景，拉姆向他投以比平常更冰冷的话语。

“不，可是……”

“赶、紧、忘、了。”

“忘……忘了，忘了。好，已经忘了。”

“这就对了。废物……错了，爱蜜莉雅大人也要当心。”

“废物……为什么能错成这样呢？发音一点也都不像啊……”

爱蜜莉雅显得很费解，但拉姆表情冷漠，未加理会。

看来，拉姆不愿提起地下发生的事。因此，能够拓展这个话题的人，自然只剩下地下组的最后一人。

“你也看见拉姆的样子了，安娜塔西亚小姐还记得发生过什么事吗？”

“啊，我也可以发言吗？我还以为被你遗忘了呢。”

“抱歉，我优先问了自己人。那么，具体怎样呢？魔兽被轰掉时你姑且还有意识……”

“当时一片漆黑，那是相当可怕。菜月和拉姆小姐都昏过去了，能跟‘贤者’小姐谈判的人只有我一个。”

“跟‘贤者’谈判……跟这货吗？”

听见安娜塔西亚的解释，昴指着一直选择性无视的右手——仍在用脸蹭昴的夏乌拉。

“我实在没想到，可以跟她进行谈判这种高尚的行为啊。”

“骂得好委婉啊。不过我也挺困惑的，不久前还死活不愿开口的人，现在竟然被菜月迷得神魂颠倒。”

“不开口？你说的是这货？”

“讨厌，讨厌！别一口一个‘这货’……人家不叫‘这货’，叫夏乌拉，师匠！”

昴反问苦笑的安娜塔西亚，夏乌拉听过之后倍感气愤，视线上仰，瞪了一眼昴。

夏乌拉睫毛很长，五官端正，身材凹凸有致，无疑具备所有美女的条件，被这样一个人蹭原本应该只赚不赔才对。

“虽然对方是美女，且一见面就好感度爆表，但我的好感度是零，所以我困惑极了……”

“你刚才说人家是美女？”

“你这耳朵真会挑话听啊，喂！”

夏乌拉双目放光，抱得更紧了，昴用左手试着把她拽开。然而，不管昴再怎么用力，都无法摆脱她的蛮力。

结果，昴未能夺回右手的控制权，不由得叹了一口气。

“右手就当是献祭了，现在还是优先谈话吧。你好好解释一下啊。”

“好，好！既然是师匠的要求，那就好说了。”

“原来如此，你这么配合真是帮大忙了。那么我想问问，你是在这普勒阿得斯监视塔里隐居的‘贤者’……我可以这样理解吧？”

“哼！”

“你倒是回答啊！你不是才答应要说吗？”

夏乌拉刚满面笑容地允诺完，立刻露骨地无视了由里乌斯的问题。昴对她的态度表达了不满，她随即鼓起腮帮，说道：

“呜，什么嘛。说到底，还不是师匠要求的。师匠说不管什么人问，人家都不能说、不能讲、不能教多余的事，直接捅死完事。人家只是遵守了师匠的叮嘱而已。”

“这师匠还真够过分的。”

“对，对。师匠特别过分。人家要求师匠深刻反省加道歉。”

说着，夏乌拉用头在昴的脖子上蹭来蹭去。她像狗一样黏人的举动，让昴闭上一只眼，弹了一下她的额头。

“痛……倒是不痛，不过这算虐待？这是虐待！师匠对人家施暴了！法庭上见吧！”

“你这套话是在哪里学的啊……总而言之，跟除我之外的人也好好解释一下吧。你要是还当我是师匠，就乖乖听话。”

“真的可以吗？”

“可以啊，这反而值得鼓励。我也想开始聊正事了。”

听见昴的回答，夏乌拉大惊失色。随后，她的表情逐渐改变，从惊讶变成理解，再变成接受，最后变成了感激——

“哇呀！太棒了！师匠许可了！这下就没必要走意味深长的神秘美女路线了！万岁！”

“你身上没有一丁点这方面的要素！”

夏乌拉满面笑容，兴奋不已，过大的动作带着马尾辫甩来甩去，不停地抽着昴的脸和头。

“总而言之，”昴在用左手防御的同时，先铺垫了一句，接着切入正题，“我可以认为你就是传说中的‘贤者’吗？”

这是昴一行人造访普勒阿得斯监视塔的真正目的。

听见这个问题，夏乌拉的表情就像吃了酸梅干似的。

“唔，这个问题好难回答啊。”

“难回答？这又是为什么？”

“如果师匠找的是夏乌拉，那就是人家。大家可以相亲相爱。不过，如果找的是‘贤者’夏乌拉，那人家也不是很清楚。”

夏乌拉撇了撇嘴，终于开始正经应答。但是，她对第一个问题的回答让人倍感担忧。

夏乌拉对“贤者”这个称号并不知情，其中的含义——

“我可以提问吗，夏乌拉大人？”

或许是产生了同样的担忧吧，由里乌斯举起手叫了夏乌拉的名字。

“加个‘大人’好难为情啊。人家挺不适应的，正常叫人家名字就好。叫什么夏乌拉大人……嘿嘿。”

“那就恭敬不如从命，称你为夏乌拉女士吧。长久以来，人们一直在传颂‘贤者’夏乌拉的功绩，我们是否可以认为人们说的就是你呢？”

“这个嘛，不好说。人家从来没离开过塔，这传闻还挺出乎意料的，竟然都把人家说成‘贤者’了。”

夏乌拉用手指抵住嘴唇，歪着脑袋如此答道。

“啊，当然了，如果师匠给其他女人取了夏乌拉这个名字，而那个夏乌拉很像‘贤者’就另当别论了，——有这回事吗？”

“别看着我说啊。横竖都是冤枉啊。”

“看样子师匠没有印象，夏乌拉果然是只属于人家的名字。师匠给人家取的，只属于人家的名字……世上不需要其他夏乌拉。”

“原来如此——这人真是罪孽深重啊。”

“不要看着我说！纯属冤枉！无罪推定原则！”

对话间夹杂的玩笑姑且不论，夏乌拉的言行看上去不像在说谎。这样一来，最坏的情况是传闻可能有误。听着三人的对话，安娜塔西亚从大大的蛙嘴包中当啷啷地翻出硬币。

“突然开始算账……不是这个意思吧？”

“这是我的习惯，想事情时摆弄零钱会让脑子转得快……不过这不是我的目的。来，仔细看看王国的硬币就明白了。”

言毕，安娜塔西亚将掌中的硬币抛给昴。昴连忙接住一看，抛来的硬币有铜币、硬币、金币和圣金币，总共四种。

“总不可能是用来贿赂夏乌拉的吧……”

“要是行得通倒也可以。你看啊，硬币上不是刻有图案吗？货币和国家的历史密不可分，所以硬币上铭刻着国家的历史。”

昴一边听安娜塔西亚解释，一边观察货币上的刻印。迄今为止，昴没什么机会仔细观察货币，看过之后才发现，每种货币上刻的图案确实不一样。

“圣金币上是‘神龙’，金币上是‘初代剑圣’，银币上是‘贤者’，铜币上是‘卢克尼卡王城’。你都不知道吗？”

“爱……爱蜜莉雅炭这口气就像万事通一样，真没想到……”

“知道是理所当然的啊。昴买东西时从不注意吗？”

爱蜜莉雅的追问戳中了昴的痛处，昴吹着口哨转移话题。确实，货币的刻印就和爱蜜莉雅说明的一样。圣金币上刻的是龙，金币上刻的是眼神锐利的男人，铜币上刻的是王城，而银币上刻的——

“是个年轻帅哥啊。跟夏乌拉一点都不像。”

“但世间普遍认为夏乌拉是硬币上刻的这样。”

硬币上刻着一位面容剽悍的长发美男子。当然了，换个角度看，也不是不能看成半裸美女。

“哦？刻得还挺好嘛。跟师匠一模一样。”

“哪里像啊！啊，不对，如果这上面刻的‘贤者’是你师匠，那就表示这人跟你记忆中的师匠很像？”

“讨厌，说什么呢。人家的师匠就只有在这里的师匠啊。”

“那我再说一遍吧。哪里像啊？”

夏乌拉在一旁仔细观察银币，毫无歉意地胡说八道。然而，眼见昴的反应，她眼中流露出不满，说道：

“啊？人家一观察就能抓出不少特征哟。有头发，有一对眼睛和耳朵，还有鼻子和嘴。”

“就这？福笑（**注:福笑是日本在新年前后玩的游戏，玩家把五官，如眼睛、眉毛、鼻子和嘴巴贴在一张空白的脸上**）不管拼得多烂，至少五官还是齐全的！”

“我也实在不认为银币上的人长得像昴……”

这抓特征的方式简直是幼儿园水平。昴自不用说，就连爱蜜莉雅也判定其不合格。准确来说，除了夏乌拉，所有人见了都苦笑。

“哼。人家脸盲。人家也就能区分男女，看大家的五官都差不多……啊，人家还分得出个头大小。”

“这家伙，刚才看了一眼贝蒂才补充的呀。”

“贝亚子的娇小可爱是天下独一份，谁都认得出她。话说回来，就凭你那千疮百孔的审美观，居然也敢认定我是你师匠！你肯定认错人了！”

昴试图利用夏乌拉的解释洗清不光彩的冤屈。当他得知两人长得不像，本以为可以放心了，然而事实没能让他如愿。

“啊。人家不是靠外貌找出师匠的，所以没有问题。”

“不是靠外貌，那是靠什么认出来的啊？气场吗？”

“是气味。师匠的气味又黑又臭，闻着呛鼻子，恶心极了。除了师匠，人家实在难以想象有谁这样还能若无其事。”

“还是第一次有人伤我这么深！难道我的气味有这么难闻吗？”

“气味”这个关键词一冒出来，昴恍然大悟。不过，夏乌拉随后一番口不择言的话一下子粉碎了昴的心理准备。

“为什么生气啊？啊，是因为人家说恶心？没事的！师匠的气味确实很难闻，但不是让人恶心想吐的那种，而是让人闻过还想闻的禽兽气味！”

“女孩子别说想吐啥的！另外，这根本不算安慰！”

昴手捂着脸，羞得快当场大哭了。

“我还以为……自己快习惯被人数落了，但这样羞辱我未免太过分了。我到底干了什么……”

“没……没事的，昴。我懂的。等下好好洗个澡吧？”

“你哪里懂啊！”

昴沮丧得潸然泪下，爱蜜莉雅安慰着他，拉姆见状不耐烦地插嘴道：

“总之，既然有巴鲁斯的许可就行，那就回答拉姆的问题吧——你是夏乌拉，但不是‘贤者’。那你知道‘剑圣’和‘神龙’吗？”

“剑圣和神龙？”

“名字是雷德和波尔肯尼卡。”

“呕。”

听见拉姆的问题，夏乌拉像咬到苦东西似的吐舌头。

“是认识他们吧？”

“当然认识啊。‘舞棒人’雷德和讽刺家波尔肯尼卡可是人家的老朋友。我们分开后就没再见过面，他们过得还好吗？”

“雷德已经死了。很久以前就死了。”

“不会吧？那可是杀都杀不死的家伙，居然死了？怎么死的？捡了不干净的东西吃死的？”

“寿命到了。谁都无法违背天命。”

“寿命……啊，是这样啊。对啊。雷德好歹是个人类。”

夏乌拉得知熟人的死讯，感伤地垂下了头。不知道是不是错觉，只见她落寞地耷拉着肩膀，连马尾辫都失去了精神。

“那波尔肯尼卡还好吧？”

“还好。毕竟这位是龙。”

“这样啊。死的是波尔肯尼卡该有多好啊。”

“说得太过分了吧，喂。”

不过，夏乌拉很快便转换心情，一扫寂寥之情，毫不客气地损了一顿另一位熟人。

面对神清气爽的夏乌拉，拉姆若有所思地闭上一只眼说道：

“那么再问一遍——原本的‘贤者’，你的师匠究竟是什么人？”

“这问题真奇怪啊。你们是他的同伴，成天跟他在一起却不知道吗？”

“很遗憾，你师匠的头撞厕所马桶上了，撞得糊里糊涂。”

“偏偏提到厕所，有意义吗？”

“师匠又犯病了啊……”

“又？”

夏乌拉向昴投以同情的目光，让他受了屈辱。然而，夏乌拉或许接受了这个解释，跳着站了起来。

“那人家就要发表重大消息了。师匠名叫……没错，他是名字也响亮的大贤者！如果世上存在‘贤者’这个称号，那就只有师匠配得上！”

“铺垫就免了吧！”

“真心急啊，不过，这也是师匠的作风。”

夏乌拉边说边摆出夸张的动作吊人胃口，面对昴的要求，她调皮地吐了一下舌头。随后，她将手指放在脸上，娇滴滴地继续说道：

“弗里格尔。”

“啊？”

“师匠名叫弗里格尔。大贤者弗里格尔，夏乌拉的师匠。”

夏乌拉挺起丰满的胸膛，怀着由衷的爱意说出了这个名字。

她话语中透着纯粹的尊敬和谢意，旁人根本不会起疑心。正因为不会怀疑，昴等人的反应才各不相同。

毕竟这名字很耳熟。

“这不是种树那人的名字吗？”

很久以前，一个伟人的命运曾与昴他们的命运交错而过，这正是那位伟人的名字。

3

“哇，好可怕！好高！没有扶手，我看着都眼晕！”

“喂，别这样，昴！去边上很危险呀！”

昴不顾碧翠丝的慌忙阻拦，在螺旋阶梯边缘望着下面。

在塔底层待机的约瑟夫和龙车小得就像豆粒一样。沿塔的内壁顺时针上升的螺旋阶梯还没爬到一半，高度就足以把人吓破胆了。

“楼下到楼上的高度也就几十米……都怪这个螺旋阶梯规模太大，上趟楼得走好几千米，这也太不方便了吧。设计这塔的建筑家是怎么想的？”

“不过，这是刚才提到的弗里格尔先生设计的吧？毕竟是四百年前的人，也许想法跟现在的人有很大差异。”

“代沟再大也总得有个度吧。而且说到底……”

昴牵着碧翠丝的手，回答完走在后面的爱蜜莉雅的问题就望向她后面，即队列的尾部。在那里——

“讨厌，光溜溜大姐姐能不能别乱晃啊。”

“啊？你这小不点，有人背着还指手画脚。”

“谁叫这楼梯有好几百级，上上下下多累啊。”

“那也别在人家背上叽叽喳喳，很痒的……哎哟！别扯人家的头发！”

夏乌拉说着，对背上的梅莉噘起嘴。不过，这番对话没有火药味，二人看起来竟然很合拍。

昴等人正通过螺旋阶梯从最下层赶往最上层。

由里乌斯和安娜塔西亚在队伍前面带路，拉姆、昴、碧翠丝和爱蜜莉雅紧随其后，队尾便是刚才提到的梅莉和夏乌拉。

她们在队尾是因为梅莉嫌累不想爬楼梯，还撒起娇来，夏乌拉主动表示可以背她，不过——

“她看上去也不像特别喜欢小孩啊……”

“昴要是也累了，随时可以开口哟。实在不行，我背背你还是没问题的。”

“男孩子不能说不行。”

尽管感激爱蜜莉雅的提议，但昴身为男儿，还是郑重回绝了。要是让爱蜜莉雅背自己，一看就不像话，那还不如欠由里乌斯一个人情。

不管怎么说——

“咦？怎么了，师匠？用这么热情的眼神看着人家……难道说师匠时隔四百年终于发现人家的魅力了？”

“你还真有耐心啊！啊，不好意思，要打扰你跟梅莉玩马尾辫了……”

“不是马尾辫，是蝎尾辫。”

“嗯？”

“是蝎尾辫。”

“嗯。知道啦，知道啦。那么……”

“蝎尾辫……”

“都说我知道啦！你在纠结什么啊？蝎尾辫对吧，蝎尾辫！蝎辫、蝎辫……好难省略！”

昴眼见夏乌拉格外执着，便表示尊重，同时推进话题。议题自然是在和爱蜜莉雅对话时也偶尔提到的名字——

“回到在下面聊的话题，你确定你的师匠叫弗里格尔吧？”

“必需的。师匠，这可是你自己的名字，烦不烦啊……啊！难道说你是想让人家重复同样的话，以引起人家关心？”

夏乌拉眼里闪着光，抬起眼皮扭扭捏捏地望着昴。

“用不着这样，人家的心永远属于师匠。请接受人家这专一的心，for you！”

“呸。”

“你扔了人家的心？”

昴把夏乌拉比手势送来的心意“扔”到阶梯下面，咳了一声。如果继续陪着夏乌拉胡闹，谈话永远不会有结果。

“只不过，弗里格尔先生是种‘弗里格尔大树’的人吧？”

“那是什么？大树指的是很大的树吗？”

夏乌拉心意被弃，倍感沮丧，她背上的梅莉歪起了脑袋。昴点头肯定了少女的疑问。

“对，对。在一个叫利法乌斯平原的地方，长着一棵直入云霄的大树，那棵树就叫‘弗里格尔大树’。能让男人心痒痒。”

“哦？是这样啊。既然这么厉害，我也挺想看看的。”

“抱歉。那棵树被我砍了。”

“大哥哥没人性！”

昴当即把梅莉的愿望也一并砍倒，苦笑着听梅莉骂自己没人性。

大约一年前，昴参与了“白鲸讨伐战”，那棵树——“弗里格尔大树”是一张王牌。

在和“三大魔兽”之一的白鲸战斗时，为了给巨兽最后一击，那棵树被砍倒了。直入云霄的巨木压住“雾”之魔兽，使其动弹不得，花费十四年岁月追杀魔兽的“剑鬼”用剑了结了它的性命。

“真是没想到，竟然跟种下那棵树的弗里格尔先生在这里再会了……说起来，我听说人们称他为‘贤者’来着。”

“不过是个不清楚到底干过什么事的‘贤者’……就这样都能被当成‘贤者’，要说奇怪倒也没问题呀。”

“单看功绩，确实配不上‘贤者’这个称号。这人是不是特别会宣传自己的功绩……跟巴鲁斯是一类人啊。”

“我什么时候夸大过自己的功绩！”

伤人的评价让昴格外气愤，然而伤人的拉姆满不在乎。

“原来如此。”听见二人的对话，走在前面的安娜塔西亚点了点头。她牵着由里乌斯的手，回过头来说道：

“照这样看，应该是这么回事吧。夏乌拉小姐和弗里格尔先生的功绩被后人搞反了——进一步说的话，就是其中一人的功绩被算到另一人的头上了吧？”

“意思是弗里格尔先生把自己干的事说成是夏乌拉干的了？”

安娜塔西亚的推测惊得爱蜜莉雅瞪大了眼睛。安娜塔西亚眼见她的反应，再次望向夏乌拉。

“这是我的猜测，你的师匠会干这种事吗？”

“唔，说实话，师匠的很多想法，人家也不理解。不过，师匠不太喜欢出风头，他把麻烦的传闻转到人家身上，自己躲得远远的，人家觉得师匠有可能干出这种事。”

尽管掺杂着微妙的推测，但夏乌拉还是偏向于肯定安娜塔西亚的推论。但是，听见她这么说，昴又有想不通的事了。

“如果他真的有意隐姓埋名，为什么后世还会把他传成‘贤者’呢？”

“我想想啊，之前读过的书上写的是……弗里格尔先生的名字之所以能流传开来，是因为大树上方刻着‘弗里格尔来也’。”

“这是什么逸闻？他是修学旅行的学生吗？”

逸闻中的弗里格尔非但没想隐姓埋名，反而透着强烈的自我表现欲，这让昴惊叹不已。

“我记得我也想干同样的事，被雷姆制止了……弗里格尔先生都付诸行动了，看来这人也相当傻啊。”

“只有名声传开了，于是‘贤者’弗里格尔就这样被人们世代传颂，成了神秘的伟人。但是，随着时间流逝，又从另一位‘贤者’口中得知，他其实是真正的伟人……嗯，我能见证填补历史空缺的时刻，心情还有点激动。”

“怎么说得跟个‘历史宅’似的……”

由里乌斯得知几百年前的历史真相，感慨万千。

由里乌斯对魔法的见解很深刻，准确来说是一解释起魔法就打开了话匣子，搞不好他有股学者风范。

“据说学者有不少是怪人，这家伙有学者范，他也有可能是……”

“不好意思，要打断你思路了，注意脚下——到上层了。”

“哦？”

昴听见提醒便抬起头来，只见螺旋阶梯的终点就在眼前。

由里乌斯和安娜塔西亚率先抵达上层，昴等人跟在后面，他们刚爬完楼梯就看到一片不同于下层的开阔空间浮现在眼前，像在欢迎一行人的到来。

一行人最先看见的是——

“哦，好大的门啊……”

矗立在一行人面前的巨门横竖都有十余米，让人不禁感叹。门的材质是神秘物质，看上去有点像石头。不知道与塔的内壁材质是否一样。

“这就是出入塔的正式大门哟。别看它大得出奇，贝蒂和大家进来时可以正常开关。”

“原来如此。贝亚子你们就是从这里出入的啊……嗯，等一下？”

昴得知出入塔时可以走这扇门，顿时心生疑惑，环顾四周。在周围这片无比宽阔的空间中，除了昴等人上来时走的螺旋阶梯之外，找不到通往下层的道路。

“那么，最下层的约瑟夫和龙车是怎么下去的？以螺旋阶梯的宽度，龙车总不可能过得去吧……”

“啊，龙车和地龙是夏乌拉搬下去的。举起来一下子就到下面了。”

“Pardon？”

昴怀疑自己听错了，反问了一句，然而爱蜜莉雅只是比画着可爱的手势，淡淡地回答了几句。其他同伴也没有更正她说的话。

见状，夏乌拉鼻翼翕动，自豪地挺起丰满的胸膛。

“人家听他们的，把你们送下去了。哎呀，那点小事就是举手之劳。”

“比起感激，我更觉得无语。我怀疑莱因哈鲁特一下都扛不动。”

在昴心中，最让他惊讶的人无疑是莱因哈鲁特，不过莱茵哈鲁特也没法轻松扛起龙车。“剑圣”可以用剑压劈开世界，可以在水面行走，可以复活一次，但是要使出这么可怕的蛮力——

“咦？真的不行吗？我有点拿不准了。那家伙到底是不是人类？”

昴抛开对朋友的复杂感情，理解了龙车出现在最下层的前因后果。既然如此，难道夏乌拉也是靠蛮力推动眼前这扇巨大的门？

“反正我死活推不动。大家走散了，我在塔里都没法去找你和安娜塔西亚大人，都是这扇门闹的。”

“原来如此，这门看着就很笨重，就像是历史悠久的古代遗迹里的东西，倒是让人激动……”

昴并不讨厌这类奇幻的建筑。然而不巧，现在时间紧迫，没空到处逛逛并停下来品评一番。

昴望着大门，舌头尝出一丝沙砾味。或许因为这一层与外界相连，仔细观察，还能看见黄沙在四周飞舞。

“这里风沙大，刮来的风里都是沙子，得多加注意。要是不小心吃了太多沙子，搞不好会吃垮身子。”

“沙丘的沙子会起瘴气，还是别觉得量小就不当回事。”

“是啊，我也这么想。不过——”

昴听见安娜塔西亚和由里乌斯的劝告，点点头望向天花板。

一行人从最下层爬上漫长的螺旋阶梯，好不容易抵达这一层，而普勒阿得斯监视塔高高的墙壁仍不断向上延伸。

看这构造，还得走螺旋阶梯前往上面一层。

“又要爬楼梯，累倒是累……不过，这下终于有实感了。”

“实感？”

“嗯——我切实感觉到，这里就是我们的目的地普勒阿得斯监视塔。”

昴语气平静，听完他一番话，一旁的爱蜜莉雅点了点头，同伴们也跟着点起头来。

没错，昴说得对。一行人既没达成目的，也没想出办法救助等待他们归来的人。但是，他们已经突破了第一道难关。

一行人抵达了前人未曾涉足之地，位于奥格利亚沙丘尽头的普勒阿得斯监视塔。

“啧啧啧，得纠正你一下，师匠。”

然而，夏乌拉摇摇手指打断了昴的感慨。昴转身面向夏乌拉，只见她得意地面露坏笑说道：

“就你这解释，一百分满分顶多得九十九分。”

“这不是接近满分吗？”

“差了关键部分！另外，评分算上了人家对师匠的爱，加了好多好多好多好多分！”

说着，夏乌拉拍了一下额头，反省自己评分太松。她背着梅莉跑到一行人前面，猛地转过身。

随后，夏乌拉张开双臂，背对巨大的门。

“普勒阿得斯监视塔的名字是暂定的，职责是暂时的。既然师匠已经回来了，这里就要恢复原本的职责了。”

“原本的职责……”

“是的——这里原本是大图书馆，你想知道什么，你想发现什么，都能在这里找到答案。”

“啊！”

昴听了夏乌拉的说明，大为震惊。

因为这正是昴等人——不对，正是昴渴求的答案。昴来到这里，就是想找到高明的办法拯救患人。

昴寻求的答案，其名正是——

“大图书馆普勒阿得斯，热……热……热……热……热烈欢迎师匠回来！”

4

昴抵达了要去的房间，房门上长满了绿色的藤蔓。

“这是……？”

昴望着这扇诡异的房门，不禁语塞。

自从进入奥格利亚沙丘，这是昴第一次看见像样的植物。有瘴气的风沙不利于植物生长，放眼广阔的沙海，只有沙子算得上是自然物。

“唯一的例外是伪装成花田的残忍魔兽啊……”

原本栖息在森林中的花魁熊在沙海伪装成古怪的花田，成了一行人在这几天鲜少见到的彩色自然物。只不过花田过于怪异，丝毫起不到伪装的作用——

就在昴驻足思考时，一个人影突然从他身边蹿出来，毫不犹豫地摸了摸爬满藤蔓的门。藤蔓遮掩住的门一下子顺畅地敞开了——

“不进来吗，巴鲁斯？”

“我进去。”

拉姆打开门，试探道。昴听了，扫清不安迈步，跟在纤细的背影后面，坦然地踩着藤蔓走进室内。

与在外面想象的一样，缠绕在门上的藤蔓已侵入房间内部。房间原本应是普通的石窟，如今绿色藤蔓席卷了地面、墙壁和房顶，看起来就像荒废了几百年的秘境遗迹。

“真跟丛林似的。夏乌拉好像叫这里‘绿房间’来着……”

这名字取得真直白，昴心生感叹，漫不经心地转过身，结果吃惊地哇了一声——只见房间的入口已经被藤蔓堵死了。

“喂，拉姆！我们被隔开了？”

“大惊小怪——能进这个房间的人有限。看来是房间主人的意思。”

“房间主人是？”

“精灵。”

昴起了戒心，拉姆给他简短解释了两句，快步走向房间深处。昴看了一眼紧闭的门，挠挠头追上了拉姆。

昴踩过、钻过室内盘根错节的藤蔓，迅速穿过房间里铺天盖地的绿色，二人就这样抵达了房间深处——

“雷姆和……帕特拉修。”

绿色房间最深处的景色不像一路上那么令人眼花缭乱。这里绿草如茵，小小的花朵四处绽放。

雷姆躺在缀着花朵的草地上，像躺在床上般沉睡着。

她白皙的脸颊没有血色，睡脸一如往常。她轻轻呼吸着，胸口起起伏伏，身体摸着温热，证明她还活着，除此之外，她看起来毫无生气。

尽管这是“睡美人”病的症状，昴却如释重负。

“她真的平安无事啊……”

“不是都跟巴鲁斯说了吗？拉姆还能在雷姆的问题上骗巴鲁斯不成？”

“我倒不是这个意思，不过在亲眼看见之前，我实在放不下心来，我也没办法啊……帕特拉修，幸好你也没事。”

昴听了拉姆的一番话后微微苦笑，随后走向睡在草地上的雷姆，来到蜷坐在地上的帕特拉修跟前。帕特拉修巨大的身躯压着绿草，和待在厩舍时一样规规矩矩地望着昴。

“你在地下又奋不顾身地保护我。你这家伙啊，真不知道该怎么说你。”

昴一抚摸帕特拉修的脖子，它就用鼻尖蹭昴的胸口。尽管帕特拉修表现出的爱意让昴安心，但他还是决定狠下心来。

“我知道你不喜欢被人保护，反倒喜欢保护别人，可是别让我太担心了。这次我真觉得很险……好痛，好痛，好痛！”

“嘶。”

昴刚批评勇敢的帕特拉修在地下鲁莽行事，脖子就被鳞片狠狠地刮了一下。

“干……干……干……干什么……”

“奥托不在，就让拉姆给巴鲁斯翻译一下吧——帕特拉修在说，巴鲁斯可没资格说这话。拉姆也赞同。”

拉姆抱着胳膊，毫不顾忌地评判昴和帕特拉修的谈话。

其实只要看过帕特拉修的眼神，便知道拉姆翻译得八九不离十。

“意思是‘可恶，你可以乱来，我怎么就不能乱来’吗……”

“毕竟事关生死。巴鲁斯，不管怎么比都是地龙生命力更顽强。巴鲁斯当时就是风中残烛吧。”

“烛火在消失前一刻是最亮的，烦死了。”

昴被拉姆和爱龙狠狠瞪着，垂下了肩膀。随后，昴检查起帕特拉修的身体，只见温暖的微光包裹着鳞片的疮口。

“听说精灵的力量能促进伤口愈合。”

“你说过房间的主人是精灵吧……关键是你说的精灵在哪

里啊？”

“亏巴鲁斯还是精灵师，这都不知道吗？这个房间本身就是精灵。”

昴又抚了抚帕特拉修，拉姆的一番话让他倍感惊讶。

他经拉姆提醒，这才发现充斥在绿色房间中的浓密玛娜对植物造成了巨大影响。

昴感觉像置身于高浓度氧气中，身体由内而外被治愈了。

“我隐约能感受到。这家伙确实是精灵……好像没办法交流？”

“这里的精灵很独特……不过，也没有不独特的精灵。爱蜜莉雅大人的大精灵大人是这样，碧翠丝大人也是这样……这里的精灵似乎没什么像样的意识，只想为进入房间的生物疗伤。”

拉姆边说边走到雷姆身边。紧接着，拉姆身后的藤蔓蠕动着交织成一张椅子，仿佛在体恤守候妹妹的姐姐。

拉姆坐到椅子上，这一幕像家属探望住院的患者。

“感觉好厉害啊。”

“至少可以肯定，在拉姆迄今为止见过的精灵中，这是最绅士的一位。巴鲁斯最好稍微学习一下，学学这位精灵和骑士由里乌斯的举止。”

“学谁都很不爽啊。”

昴将拉姆给他立的表率赶出脑海，挠了挠帕特拉修的脖子，说了声“好好休息吧”，然后温柔地按下帕特拉修仰起的头。

“我知道这个房间可以给帕特拉修疗伤。但是治不好雷姆……话说回来，这跟在下面说的一样吗？”

“既不是伤也不是病，那就治不好。精灵好像这么觉得。”

“……这样啊。”

昴又尝到在下层尝过的失望，叹了一口气。

只不过，尽管房间的精灵认为治不好雷姆，却仍在不遗余力地照顾她。精灵刚才对待雷姆的态度就能证明这一点。

“到头来还是这个样子，没有任何改变。”

“要想改变，就必须达到来监视塔的目的。”

“大图书馆普勒阿得斯。”

昴来到拉姆身边，低头望着雷姆的睡脸轻声说道。

大图书馆普勒阿得斯。

这正是普勒阿得斯监视塔原本的名字，也是其原本的功能。如果相信夏乌拉，那昴等人渴求的“答案”就在这里。

“得到答案，把雷姆带回来，这目的从未改变。”

“这样啊。那就好。”

雷姆仍沉睡不醒，拉姆握着她的手，看都不看昴表决心的模样。虽然拉姆态度冷漠，但是把雷姆交给她着实让人放心。

“话说回来，精灵给拉姆做了草椅，却没给我做，这明显是男女差别对待吧？”

“动物会自然而然地在心中给人分出三六九等，精灵应该也一样吧。”

“之前雷姆也跟我说过这话。”

雷姆曾如此评价过昴和阿拉姆村孩子们的交情，那时她和昴相处得还不融洽。事到如今，这已经成了让人怀念的回忆。昴也好久没去阿拉姆村了。

“有空怀念过去，不如……”

昴叹了一口气，扇了自己一耳光，扫清涌上心头的寂寥。

“好……我要回去找大家。你呢？”

“要是没人看着雷姆，巴鲁斯实在不放心吧？这个任务就交给拉姆了，毕竟拉姆跟来就是为了看着雷姆。”

“这个嘛，确实没错。那雷姆就交给你了。”

“不过拉姆能做的就只有看着雷姆。”

“你看着她自有意义。”

拉姆一反常态，贬低起自己来。昴安慰过拉姆，又望向雷姆的睡脸。只见雷姆置身于平静的梦乡，看起来既不算安详，也不算痛苦。

昴伸出手，怜爱地摩挲着雷姆覆着刘海的额头。

这样做让昴感到安心。昴知道自己会要求更多，随即笑了笑说道：

“那我先走了。”

不用说，拉姆没有回话。

拉姆也知道这话不是对她说的，识趣地没开口。昴心满意足地向“绿房间”的门走去。

“听说你是绅士……雷姆和帕特拉修就有劳你照顾了。”

离开之前，昴摸着墙上的藤蔓，恳求守护房间的精灵。即使无法交流，精灵或许能领会昴的诚意与感激。

这或许是自我满足，但昴还是表达了心意，就在他准备离开房间时——

“对了，你说你的职责是陪在雷姆身边，那你为什么还要专程跑到下面去啊？你总不可能听说我醒了就急急忙忙地赶来吧？要是有理由，可不可以告诉我……”

“巴鲁斯，赶紧走吧。”

“啊？不，可是，等我遇上想不通的事，也许能从中找到一点提示……”

“赶紧走。”

拉姆迸发出的怒气令昴毛骨悚然，他没法再说什么，只好快步离开“绿房间”。

5

“虽说拉姆的想法总叫人捉摸不透，但最近尤其严重。”

“嗯，我觉得未必。其实拉姆还挺坦率的，她是想掩饰坦率的一面，我觉得这样挺可爱。”

“难得见你说话有个大人样……不过你确实比我大。”

“是啊。我可是大姐姐，比你们都——不对。”

“哼哼。贝蒂才是大姐姐哟。这是铁一般的事实，谁都无法改变呀。你们大可敬仰贝蒂。”

昴离开“绿房间”，与等待他的同伴们会合后便聊起天来。

爱蜜莉雅见自己的大姐姐宝座被人夺走，显得很不甘，碧翠丝则满意地挺起胸膛，不过说老实话，两个人都没有大姐姐的风范。

而且，现有成员中谁最年长这个话题极其敏感。

“嗯？菜月，怎么了？对我有意见不成？”

“没啊。我就是感叹，外貌跟年龄不符的人好多啊。”

“是吗？经常有人说我看起来比实际年轻哟。我心情挺复杂的，不知道该不该开心，不过如果有人小看我，我也自有办法。”

安娜塔西亚露出商人般狡黠的神情，还透着一股古灵精怪的劲头。她面带笑容，真心想法却不得而知。

她确实长着一张娃娃脸，外貌和实际年龄不符，但昴想指出的不是表层问题，而是她的真实身份——围巾多娜。

如果围巾多娜的出身和碧翠丝一样，那最年长之争无疑是一场势均力敌的较量。不过，这秘密稍显沉重，肯定不适合在这种场面揭露。

“而且，这里还有一位最年长之争的有力候选人。”

“哦？怎么了，师匠？哈哈，看来你闻不惯‘绿房间’的草味。人家懂的。人家也特别讨厌那个房间。”

“你怎么能这样说照顾雷姆和帕特拉修的精灵。注意你的语气，信不信我把草塞进你的鼻孔？”

昴远离吸着鼻子凑过来的夏乌拉，狠狠指着她的鼻子。

“说正事，跟我说说大图书馆普勒阿得斯吧。”

“嗯，也好。夏乌拉，你不久前闭口不谈，现在能详细解释一下了吧？”

“好啊，师匠有要求，人家怎么能拒绝。”

夏乌拉笑嘻嘻地点点头，答应回答昴和爱蜜莉雅的问题。随后，她用靴子尖轻轻点了几下地面。

“人家刚才也说过，这座塔的真名是‘大图书馆普勒阿得斯’。入口在第五层‘刻莱诺’，楼梯下面的第六层是‘斯忒洛珀’。这里是第四层‘阿尔库俄涅’，这些都能理解吧？”

“专门给每层取名有点奇怪……不过暂且OK。”

昴听着夏乌拉的讲解，点点头环顾四周。

目前昴等人在第四层——塔门所在的第五层之上，他们是爬螺旋阶梯过来的。通过“绿房间”就能了解到，从第四层起，塔的风格变化很大。

最大的区别是圆形广场的空间中分布着几个房间，楼层不再有空洞。第五层之后的螺旋阶梯连接着第四层的中心，转完所有房间应该需要不少时间。

“第四层‘阿尔库俄涅’算是人家的住处。东西都是乱摆乱放的，你们一直盯着看，人家还挺难为情……师匠，你的眼神不像闹着玩的，好可怕。啊，对了！人家平时就在这一层监视沙丘。只要有人接近塔，人家统统射杀！”

“果然是你干的啊……”

昴原本将信将疑，不过夏乌拉的证言让他心里有了底。

普勒阿得斯监视塔发射的白光害得昴在沙丘两度丧命，这也是后来队伍失散的原因——罪魁祸首果然是夏乌拉。

“那东西把我们整得特别惨。它到底是什么玩意啊？”

“‘Hell's snipe’，专门狙击靠近塔的不速之客。”

“什么？”

“Hell's snipe.”

昴见夏乌拉笑眯眯地说起英语，皱起了眉头。

这名字确实浅显易懂，她取名字的品位太差了。

“哎呀，幸好‘Hell's snipe’没射中师匠。要是‘Dimension gate’没解除，人家搞不好会射中你们才罢休。”

“等等，等等，等等，你嘴里新冒出来的单词实在太多了！Dimension？”

“‘Dimension gate’，防范外人抵达塔的小花招。”

听夏乌拉的解释，昴意识到“Dimension gate”正是“风沙”中扭曲沙海空间的陷阱。虽然最后解决了它——

“不过多亏那东西，人家才能认出师匠，结果all right。要是射中了，师匠会生人家气吧？”

“啊，嗯，不好说。只是生个气就能了事吗？”

其实昴中招死了两次，但他也说不清自己生不生气。

见到杀人凶手却不会怒上心头也挺稀奇。不过这算飞来横祸，诘问夏乌拉也没用，这想法就像听天由命似的。

“可是一旦命中，大哥哥估计就没命了吧？那就不是生不生气的问题了。”

昴听天由命，原谅了夏乌拉，梅莉索性替他戳了戳夏乌拉的肋部。少女这番话说得夏乌拉豪爽地大笑起来。

“噗哈哈哈哈！说什么呢。人家的师匠怎么可能被那东西射死？师匠本来就莫名其妙的，也不知到底会不会死。”

“可是，可是，小沙蚯蚓挨了好几下就死了……”

“人家才不管蚯蚓和熊呢。人家的师匠是不会死的，这才是关键——如果死了就证明不是人家的师匠，仅此而已。”

夏乌拉微微一笑，开心地注视着昴。

夏乌拉就像孩子一样信赖昴，她在昴面前天真无邪，毫无防备。昴万万没想到，夏乌拉对弗里格尔的心意竟在她内心深处铸造起坚不可摧的理想。

要是哪天背叛这理想——昴想到这里就不寒而栗。

“要是她发现昴不是弗里格尔，天晓得会干出什么事呀。”

“不管是纠正，还是让她明白，都不妙啊……”

碧翠丝察觉到昴的内心想法，小声叮嘱他要多加警惕。

其实夏乌拉对昴一行人——不对，夏乌拉对昴如此友好，只是因为她误以为师匠就是昴。昴着实须要警惕这件事。

“她要是和我们对着干，只有爱蜜莉雅、由里乌斯、贝蒂和昴一起上才能制伏她。”

换言之，夏乌拉就是不知会因为什么事爆炸的炸弹。不得不说其性质极其危险，不过——

“她真心对我，我怎么会讨厌她……”

尽管昴总是敷衍，但他并不厌恶夏乌拉。即使经历过两次“死亡回归”也无妨，毕竟夏乌拉的确在地下救了他。

昴认为夏乌拉不是敌人。他觉得把雷格鲁斯和培提奇乌斯当成敌人要轻松得多。

“我一想起他们就好难受啊。不对，难受倒也正常，只是觉得太刻骨。”

“师匠，你怎么了？”

“没什么。”

昴和碧翠丝聊天时想起了厌恶的人，随即皱起眉头。他见夏乌拉正盯着自己，就捏住她的脸颊推开她说：

“不过，有件事我得确认一下，你为什么要狙击接近塔的人……”

“当然是师匠吩咐人家这样做的啊！四百年来，人家日复一日、无时无刻不盯着沙海，一直过着闻者伤心、见者落泪的饥渴日子……”

“好可怜啊……”

爱蜜莉雅心思敏感细腻，听到夏乌拉的深情控诉，眼里泛起泪光。

爱蜜莉雅的E·M·T表现姑且不论，夏乌拉看起来既不反思，也不悔过，这绝不是因为感情上有缺陷——

“她只是遵守命令而已……质问道具的用法也没有意义呀。”

“没错，没错！人家是师匠的道具！小不点，说得好！”

夏乌拉很满意碧翠丝这番辛辣的见解，露出满面笑容。

夏乌拉的表情和心情一会儿一变，她现在又对自身存在意义发表了一番见解——恐怕昴和夏乌拉的价值观不同，难怪两人的对话驴唇不对马嘴。

“虽说你的价值观很怪，不过先不提。话题偏得太远了，还是说回原题吧。你还没讲清这座塔，——第六层到第四层你已经说过了，那么上面是？”

“从第三层‘塔吉忒’起就是考场了——考验你们是否有进入书库的权利。”

“书库。”

昴听见这个词，不由得握紧了拳头。

大图书馆普勒阿得斯。如果名字不假，那自然是储备知识的书库。昴等人千里迢迢穿越沙海只为来到这里。

“我倒是好奇你说的考场，也好奇进入书库的权利……”

“对我们而言，这个障碍是眼下最大的难关。”

眼见昴来了兴致，由里乌斯闭上一只眼，耸了耸肩。他语气低沉，望向屋顶，像是在恨自己不争气。

由里乌斯紧盯着屋顶——不，他紧盯着屋顶上面的第三层——考场“塔吉忒”。

“这样啊。在我睡觉时，你们已经挑战过测验了啊。感觉怎么样？”

“不好意思，辜负你的期待了，几乎没有进展。有夏乌拉女士带路，上到第三层倒是毫无问题……”

“然后呢？”

“在那里等待我们的是难解的谜题。说实话，我们在那里白白度过了两天，甚至连解谜的线索都没找到。”

由里乌斯总是过于谦虚，或者说喜欢自我贬低，但其他同伴也阴沉着脸。看来一行人真的没取得成果。

“不过，就算没通过测验也不会怎样。我们出入过好几次了，也没出过问题……就只是一直不合格。”

“原来如此。原来是难题……不过，测验，测验啊。”

“你想起什么事了吗？”

由里乌斯见昴很在意，扬起一边眉毛问道。只不过，昴在意的事情不是他期待的事情。

“没，我之前被‘试炼’整得很惨，那段往事真是不堪回首。听起来有点像，我就想起来了。”

“我可以理解昴的心情，因为我也是这么想的。”

昴和爱蜜莉雅不约而同回想起的往事，自然是“圣域”墓地的“试炼”。设关卡考验挑战者，这一看就是那个坏心眼魔女喜欢的套路。

不过这样一来，昴突然开始怀疑安娜塔西亚是不是围巾多娜了。

“干什么？我怎么了？”

“我就是感叹连博学的安娜塔西亚小姐都解不开。比方说，靠卡拉拉基流传四百年的知识储备之类的！”

“真抱歉。毕竟我对做生意以外的事一窍不通。所以，我反倒很期待菜月的表现。”

“期待我的表现？”

安娜塔西亚一笔带过不便解释的疑点，反倒将话锋转到昴身上，让昴大吃一惊。“对，对。”见状，安娜塔西亚点了点头，瞟了一眼夏乌拉，说道：

“那女孩好像非常黏菜月，带她一起去，搞不好会说漏嘴透露测验的内容哟。”

“全指望别人啊。考题有这么难吗？”

“准确来说是没有线索。这事解释没用，还是亲眼看一下更容易理解吧。”

昴不敢相信考题真有这么难，不光明正大地挑战，总想着找捷径，这想法确实不算堂堂正正。

“我懂了。总之先去看看测验吧。既然失败也不会受罚，那在这干耗着就没意义了。”

“嗯，没错。我跟安娜塔西亚大人一样，也很期待你的表现。”

说着，由里乌斯带领昴一伙人前去找测验复仇。同伴的期待让昴心里发痒，毕竟他要面对爱蜜莉雅他们挑战两天都找不到突破口的难题。

昴必须尽力为之，最要紧的是……

“喂，夏乌拉。我可以问你一件事吗？”

“昴？”

一行人走在通往第三层的阶梯上，碧翠丝见昴叫住夏乌拉，感到很费解。三人在队尾压低声音背着同伴们交谈。夏乌拉听见昴的呼唤，毫无戒备地笑着摇了摇蝎尾辫，问道：“怎么了？怎么了？”

“只要是我的要求，你就答应，对吧？”

“太色的要求可不行。”

“别张口就这么问。你这么喜欢终结吐槽吗？”

“师匠还不是一直在制造槽点，彼此彼此啦。”

夏乌拉说着，噘起了嘴。昴见她总带偏话题，无奈地搔搔头。

昴跟大多数人聊天时会带偏话题，习惯从散漫的对话中找到突破口，然而这招对夏乌拉不管用。

“算了，既然如此我直说便是。夏乌拉，我有事求你。”

“什……什么啊？表情这么严肃，难道说师匠对人家……”

“不许伤害我和我的同伴。”

“你师匠的命令是让你攻击接近塔的人……对吧？我们已经进来了，你就不该对我们下手。那么，你就没必要伤害我们了。你不能伤害我们，绝对不能。”

昴反复叮嘱，夏乌拉眯起了眼睛。

昴凑近看夏乌拉的眼睛才发现她的瞳孔很特殊。她美丽的绿眼珠里浮着一颗小小的红色光点，看起来很不可思议。

那抹深色能让人不知不觉看入迷，昴甚至忘记了呼吸——

“嗯，OK。人家会把这当成新师匠的命令好好记下来。”

“可以吗？”

“哪来的可以不可以。这可是师匠的要求，非暴力不合作。”

“你都服从命令了，这不是合作了吗？”

“身体可以任你摆布，可你别想夺走人家的心！”

夏乌拉神色凛然，昴弹了一下她的额头，让她退下。“呜。”夏乌拉泪汪汪地退下，昴叹了一口气。

昴不清楚夏乌拉有多听他话，但还是谨慎地叮嘱了夏乌拉。

“只要我不辜负夏乌拉的期待，接下来能做的只有相信她会遵守约定。”

“那贝蒂就放心了。昴做事虽然出其不意，但不会辜负别人的期待。”

“多谢抬举，可我现在该怎么做……”

夏乌拉将她对弗里格尔的期待寄托在昴身上，昴不能辜负她。然而，昴摸不着头绪，不知道该怎样扮演一个陌生人。

昴只好先本色出演，扮演好平时的菜月昴。

“对了，夏乌拉。我再问最后一个问题。”

“什么啊？”

夏乌拉神情恍惚，有气无力地回答道。昴闭上一只眼，若无其事地冲夏乌拉举起双手。

然后，昴竖起双手的六根手指。

“迈亚、厄勒克特拉、塔吉忒、阿尔库俄涅、刻莱诺、斯忒洛珀。”

碧翠丝理解不了昴的话，可爱的脸庞浮现出困惑的神色。昴对碧翠丝笑了笑，直接将竖起的手指伸到夏乌拉眼前。

“这是普勒阿得斯监视塔从上到下——不对，是大图书馆普勒阿得斯每一层的名字。我说得没错吧？”

“没错哟，第一层是‘迈亚’，第二层是‘厄勒克特拉’。”

“果然啊。既然如此……”

眼见夏乌拉点头同意，昴又竖起一根手指。

昴见夏乌拉和碧翠丝看向第七根手指，又问道：

“那么，墨洛珀在哪里？”

昴的问题让夏乌拉再次陷入沉默。但是，这阵沉默跟刚才那阵沉思不同，这次她被昴问得措手不及，一时惊愕才说不出话来。

昴听见夏乌拉轻轻地咽了一口唾沫，认定这问题触及了某件事的核心。

“简直莫名其妙。昴，墨洛珀是？”

“是某七姐妹中老幺的名字。既然是普勒阿得斯，那么名字不够七个就不对劲了。”

第一层到第六层分别对应六个名字。但是，各楼层原本以七姐妹——普勒阿得斯七姐妹的名字命名，这是昴熟知的星星典故。

既然如此，这里应该有隐藏起来的楼层以七姐妹中老幺的名字命名。

“是第七层吗？要不就是第零层？应该有这么一层才对。”

“是第零层。毕竟是师匠取的名字，师匠自然知道……不过，师匠离开后才有那地方，师匠应该不知道在哪里才对。”

夏乌拉肯定了昴的推测，碧翠丝倍感惊讶。然而，昴揭露了这个秘密，没有多大成就感，反而感到释然。

“既然是第零层，那就在第一层上面……不对，你没说过第六层是最底层。那就不是在上面，而是在地下——”

“别说了。”

昴想弄清楚位置，夏乌拉当即打断了他，语气坚定得令昴屏住了呼吸，而夏乌拉面不改色，依然面带笑容，眼神透着信赖。只是，她的眼角流露出一丝寂寞的神情。

“还没有满足条件。师匠愿意半路回来看看人家，人家就心满意足了。所以，不能去第零层。”

夏乌拉的语气一如平常，声音听起来却像一堵分外坚固的墙壁。

在昴听来，她的语气透着危险的气息，像是可能会食言。

“明白了。我不会再多问了。你一定要遵守刚才的承诺。”

“这事人家已经答应过了。人家说到做到，一定。”

夏乌拉突然欣然而笑，开心得像是忘了刚才的对话。

昴听着背后尖细的笑声，深深地叹了一口气。

“昴，要是累了就说。”

“嗯，我没事。就是要考虑的事太多了。”

昴见碧翠丝关心他，微微一笑，温柔地抚摸她的头。这样做她便不会再多说什么，不过这也是昴让自己冷静下来的仪式。

昴和夏乌拉聊天提起过弗里格尔，再结合迄今为止掌握的信息，弗里格尔异样的性格也凸显出来。

其实这没什么大不了，他也和昴一样。

昴、阿尔、合辛，还有弗里格尔。这些人带来原本不存在于这个世界的知识，并传播给后世。毫无疑问，答案只有一个——

弗里格尔也是外国人，还和昴是同乡。

“几百年前啊。”

昴久久地任思绪徜徉，粗暴地挠了挠头。

昴思考着弗里格尔在这异世界期盼着什么，思考了什么，为了什么，追求过什么。

他舍弃了“贤者”之名，怎样在这世界生存下去?

这时，有人望着昴的侧脸——

“师匠。”

“嗯？”

夏乌拉欢快地叫了昴一声，站住了。昴也随她停下了脚步。

他转过身，正好看见夏乌拉冲他微笑。

夏乌拉腼腆地笑着，幸福的笑容透出脉脉柔情。

“再次欢迎你回来，师匠——夏乌拉由衷盼望‘贤者’弗里格尔回归哟。”

The only ability I got in a different world "Returns by Death"
I die again and again to save her.

第二章 白色星空的星群

Re:从零开始的异世界生活

Re: Life in a different world from zero

1

受到夏乌拉的郑重欢迎，昴心里五味杂陈。

昴无意欺骗夏乌拉。但是，时隔四百年再次见到师匠让夏乌拉欣喜若狂，对她而言，本该回归的弗里格尔与昴并不是同一个人。

这不叫背叛，又叫什么呢？

“我可以理解你的心情，但是用不着太担心，昴。就算夏乌拉真的发现你不是她师匠，肯定也不会做出过分的事。”

爱蜜莉雅看见昴愁眉苦脸，如此安慰道。她摸着盘在头上的麻花辫，对消沉的昴露出自信的微笑。

“我很开心爱蜜莉雅炭肯打包票，不过……理由是？”

“因为夏乌拉是个好孩子啊。不仅救了我们，还跟我们处得很好。既然如此，我们有必要跟她过不去吗？”

“是啊。”

虽说这看法太乐观，但过度悲观也完全算得上坏毛病。

就算夏乌拉得知了真相，她也不会立刻与昴他们为敌。理想状况是即便事实暴露，她也不会与昴他们反目成仇。

“大哥哥，到了哟。”

昴边思考边跟着走，突然被梅莉叫住了。

昴被带到的房间在圆周上正好位于“绿房间”对面。朴素的门上没有藤蔓，通向上方的阶梯赫然出现在室内。

“这是普通的阶梯啊。螺旋阶梯的热潮结束了吗？”

“只要想想下层的长阶梯，自然就觉得连接第四层和第三层的阶梯高度很正常了。但是，这跟只须往上爬的螺旋阶梯不同……”

“不通过测验就上不去啊。”

听见由里乌斯的解释，昴如此总结道。

爱蜜莉雅等人挑战多次未果的测验正在阶梯上面等待着挑战者。据说比起解释详细的测验内容，还是亲眼所见更好理解。

失败也没有惩罚，如果听从有识之士们的意见——

“没办法。不入虎穴，焉得虎子？——上去吧。”

“嗯，就是要这个气势。”“就是要这个气势哟。”“就是要这个气势。”

爱蜜莉雅、碧翠丝和夏乌拉纷纷给予肯定，昴率先登上了阶梯。昴踩在阶梯上，每上一节，决心都会更加坚定。

昴就这样走进了第三层“塔吉忒”，轻松得甚至有些没劲。

“这里是……”

昴一来到第三层就感觉十分违和。

不知该说这空间充满了违和感，还是只有违和感。

这个房间是白色的，一片纯白。昴爬上楼梯，迎接他的却是四面八方都染成白色的圆柱形空间。

空间的体积应该与下层相差无几，却雪白得让墙壁看起来无边无际。抬头看去分辨不出天花板，低头看去只有阶梯的位置开了一个黑口，除此之外，地面白得走起路来都很吓人。

地面不像地面，或者说足以让人产生一直下坠的错觉。天花板和墙壁也一样——昴感觉在这个地方要是找不到通往楼下的阶梯，很可能会遇难。

而在白色空间的正面——在阶梯前方，飘着一个不可思议的物体。

“石板……吗？”

昴看见这个物体，不由自主地说出了感想。

事实上，这个物体只能这样形容。

物体为四方形，呈黑色，质感看起来格外光滑。其实它不是石制的，也不是金属，昴不知道该怎样称呼才合适。

如果硬要取一个时髦的名字，那就是“独石板”吧。

静默的独石板拥有不可思议的浮力，悬在离地几十厘米的半空中。根据长度和宽度来看，如果用身边的事物比喻，就像是一张大号榻榻米悬在半空。

“这块不可思议的板子究竟是什么？”

“换言之，这就是给我们出题的装置吧。”

昴的意识被异样的光景彻底占据，由里乌斯走到他身边，紧盯着独石板。

或许是因为独石板让大家多次品尝到辛酸吧，只见由里乌斯表情严肃，爱蜜莉雅等人也难耐白色空间中的模糊感，聚集在昴身边。

“真是让人不想久留的房间啊。”

“同意，待得太久很可能失去平衡感。要是突然想逃回阶梯，脚下打滑，在一旁看的人会被吓折寿的。”

“喂，由里乌斯，不要乱说话。”

由里乌斯的调侃令安娜塔西亚不满地鼓起腮帮。照此看来，回去路上脚下打滑的人应该是她。

然而，昴没心情嘲笑她的窘态。事实上，这个房间明显是为了扰乱人的感官而建的，充分体现了设计师恶劣的性格。

“那么，关键的谜题在哪里？”

“只要摸那块板子，测验就会开始。”

“摸独石板就可以了吗？”

“独石板啊，这称呼还挺亲切。今后就这么叫好了。”

由里乌斯没头没脑地感叹了一句，昴没有理会他，径自走向独石板的正面。即使走近观察，也没有丝毫特别的压迫感，

除了悬在半空中，它就是一块普通的板子。毕竟悬在半空中就是最异常的，要说它是个异物倒也没错。

“我要摸了，要倒数吗？”

“那就让我来数吧。三、二、一——”

“太快了太快了太快了！”

爱蜜莉雅举手响应昴的招呼开始倒数。昴配合倒数，连忙转回去面对独石板。

“零！”

昴配合爱蜜莉雅的倒数，摸了摸独石板。在下一刻，独石板内侧爆发出光芒，昴的视野瞬间出现了重影——不对，不是重影。

昴触摸的独石板散发着黑光，迅速开始增殖。

独石板正面发出光芒，与此同时，背面接连发射出复制的独石板。复制的独石板在房间里迅猛飞行，分散至不规则的位置悬在半空中。

无数独石板停在白色空间的各个位置，昴目瞪口呆。他还茫然着，声音却越过他的耳膜在大脑中响起。

“被夏乌拉消灭的英雄，触碰其最闪耀的部分吧。”

“啊！”

突如其来的声音惊得昴缩回触碰独石板的手。他踉踉跄跄地向后退去，有人从后面扶住了他的背。

“怎么样，体会到我们一开始的惊讶了吗？”

“别干这么缺德的事啊！”

昴的抗议声响彻房间，由里乌斯的苦笑更深了。

大图书馆普勒阿得斯第三层“塔吉忒”的测验。

时间“无限制”。挑战次数“无限制”。挑战者“无限制”。

测验就此开始。

2

昴甩掉由里乌斯的手，一个人站稳，重新面对测验。

昴的眼前，无数个复制的独石板以昴碰触的独石板为中心在空间中散开。说实话，增殖的独石板多到让人没心情数。

“这就是测验……我可以这样理解吗，夏乌拉？”

“可以吧？人家想看师匠好好表现一下。”

昴听着背后传来夏乌拉软绵绵的助威声，环顾房间。除去新增的独石板，白房间内部的样子没有变化——仔细一看，新增的独石板不是一模一样的，似乎大小有微弱的差异。

“除此之外的提示，就只有刚才的那个吧。”

昴想起在碰到独石板的瞬间，大脑中响起了声音。

“被夏乌拉消灭的英雄，触碰其最闪耀的部分吧。”

那不是通过鼓膜听到的声音，更像是在头盖骨中、在大脑里直接响起的低语。或许是因为听见的声音不是真正的声音，所以不适用于“人声”这个概念。

换言之，就是自己构思的文章进入大脑了。

“硬要说，这应该算自己的声音……这就是测验问题吗？”

“昴，不好意思，要打扰你思考了。我有几个注意事项要说，听过之后再参加测验也不会被惩罚吧。”

“你啊，才干过缺德事，也好意思说这话？”

昴想起刚才被整的经历，歪起嘴角瞪了一眼由里乌斯。不过，由里乌斯泰然自若地无视了昴的视线，说道：

“比起听解释，还是眼见为实。我事先提醒过你。但没想到你会被吓成那样，我向你道歉就是。”

“知道啦，知道啦，被吓到是我不好！然后呢？注意事项是？”

“嗯。那么，你摸摸附近的石板……不对，是独石板。”

“你就这么喜欢这个称呼吗？算了，这倒无所谓……”

昴见由里乌斯格外执着于称呼，朝他耸耸肩，走向身边的独石板——不是最初的那块，而是衍生出的独石板。

“没有陷阱吧？我一碰它，手不会被吞掉吧？”

“放心好了。要是真被吞掉，贝蒂后半辈子就当昴的右手呗。”

“啊，那我来当昴的左手。放心吧。”

“照你们这假设，我两只手就都没了！”

爱蜜莉雅和碧翠丝鼓励着昴，昴鼓起勇气，向独石板伸出了手。他下定决心，不管发生什么事都绝不惊讶——

“哦？”

昴没办到，他不安地伸出手，指尖刚碰到独石板，它就再次发出强烈的光芒。“又来啊？”刺眼的光芒让昴下意识地捂住脸，大叫了一声，战战兢兢地睁开眼，说道：

“咦？独石板上哪里去了？”

“嘿嘿嘿，师匠，在后面呢。”

原本在眼前的——不对，是散布在白色空间各处的无数新增的独石板，瞬间便消失不见了。眼见昴被惊住，夏乌拉开始毫无意义地夸耀胜利。

经她提醒，昴转过身去，发现背后只有一块独石板——进入第三层时便已存在的原始独石板。

“其他石板都消失了，也就是说……”

“回到最初的状态了。换句话说，就是测验被判未通过吧。当然了……”

由里乌斯从沮丧的昴身边走过，大摇大摆地走近最初的独石板。随后，由里乌斯伸手触摸独石板表面，脑内立刻响起那个声音——

“被夏乌拉消灭的英雄，触碰其最闪耀的部分吧。”

最初的独石板一边出题，一边接连复制出独石板，那些独石板以跟先前一样的气势分散在房间各处，又一次发布了测验。

“原来如此，就是‘重测’啊。意思是在通过之前，挑战多少次都可以。”

“这便是我们目前的推测。顺便说一下，就算乱摸一通这块独石板也无法找出答案……我可以先跟你明说这一点。”

“啊，看来你们已经尝试过了啊。”

听到由里乌斯温和的说明，昴直接给出了结论。只见爱蜜莉雅有些难为情地涨红了脸，原来如此，她确实使得出全部摸一遍的战术。只不过，这招居然没能成功——

“估计命题人不喜欢别人乱蒙答案。”

“啊，是有这种老师。在考试中光写结果，不把解题的公式写出来是不会给分的。用来防止作弊倒是很有效。”

做题是为了搞学问，跳过解法直接得出答案确实称不上正确。只不过，昴过去认为这种评分方式太蛮横，还对老师一肚子气。

“事到如今，我觉得老师才是对的……”

“不好意思，菜月，又要打扰你怀念过去了，接下来才是菜月表现的时候。好了，快摆正心态，摆正心态。”

“啊，嗯，哦，抱歉。不过，该我表现了？”

安娜塔西亚手叉着腰，叫了昴一声。昴回过神来，对这要求很疑惑，不禁歪起了脑袋。安娜塔西亚浅蓝色的眼睛立刻盯上了夏乌拉。

“你这眼神……该不会是想让我找她问出答案吧？”

“我不是说过吗，我很期待你的表现。她都不肯跟我们说。”

“我不太敢相信啊……”

据同伴们所说，在昴醒来前，夏乌拉一直闭口不言。不过自打昴醒过来后，夏乌拉何止是黏昴，甚至待他如亲人，所以昴实在是难以相信。

说到底，即使昴让夏乌拉开口，也还得面对更基本的问题。

“啊，夏乌拉。你要是记得消灭过哪个英雄，就告诉我吧。”

“杀个人还要把名字都记下来，那是二流杀手干的事……像人家这种一流杀手，杀人上百后就不记得了。”

“我想也是！”

夏乌拉竖起手指，铿锵有力地答道，情况基本在昴的预料之中。

“只不过，就此结束就没法前进了。夏乌拉女士，你真的什么都不记得吗？就算是小事也没关系。”

“你这可难倒人家了。人家只管用‘hell's snipe’把靠近塔的家伙统统杀掉，外面的魔兽会帮人家清理掉尸体的。”

“嗯，但这样很奇怪啊。说到底，这是决定是否开放塔内书库的测验吧？如果测验问题跟夏乌拉小姐在塔建成后的行动有关，那时间轴就不对劲了。要出题就只能在塔建成前，对吧？”

安娜塔西亚听出夏乌拉的解释有蹊跷之处，便指出了问题。

确实，如果测验问题是在夏乌拉开始管理塔之后出的，那时间轴就不对了。这样一来，自然可以推测出“夏乌拉消灭英雄”的时间是在塔建成前。

“也就是说，是在见人就射之前的事。来，快回想起来呀。就是因为营养都跑到胸部和臀部去了，记性才不好。”

“人家这外貌是妈妈选择的。不过，不过，让人家想，人家也想不起来。你说塔建成前，对吧？”

夏乌拉拼命试着唤醒心中的记忆。她集全员的期待于一身，只是“啊哼”地哼了一声，却没拿出成果。

“到底是不是，你四百年前就出生了吧？把那个年代名人的名字一一列举出来，起码能找出两三个杀过的人吧？”

“师匠，你把人家当成什么人了啊？人家可是连花都啃的少女哟。”

“那不是少女，是毛毛虫之类的。”

“昴，你刚才说的话实在太过分了。既然她不愿想起来，那就别硬逼她想起来……”

“爱蜜莉雅炭的善良既是超级美德，也是魅力所在，但这家伙是越惯越废的类型！我懂的！因为我和她一个德行！”

昴敢断言，夏乌拉不是因为不愿想起来，纯粹是因为记忆力太差想不起来。一行人在记忆方面存在诸多问题，所以这是很敏感的话题，但昴还是要把夏乌拉单独划为一类，区别对待。

“可是，假如知道了被消灭的英雄是谁，那该怎样让独石板接受呢？”

“确实，菜月说得没错。假设知道答案，怎样才算触碰‘最闪耀的部分’呢？”

既然触碰独石板能得知“测验”是否合格，那最终的答题方法应该是“触碰正确的独石板”吧？问题出在如何找出“正确的独石板”和答题方法。

挖掘夏乌拉的记忆，真的能找出正确答案吗？

“可是啊，想再久都无法进步吧？难得光溜溜大姐姐愿意配合，我觉得把能想起来的事说出来就行了。”

眼见大人们刚碰上问题就停滞不前了，梅莉无奈地插嘴道。她一边把玩夏乌拉的蝎尾辫，一边百无聊赖地望着独石板群。

“又没有小魔兽，事情又没有进展，这里实在是太无聊了。赶紧解决问题，我好想回宅邸啊。”

梅莉这番煞风景的话让所有人沉默了。“怎么了？”随后，梅莉立刻转过身来，昴摸了摸她的头。

“怎么了啊？”

“没啥，我就是觉得你说得没错。是啊，这地方到处都是沙子，而且还有危险的魔兽在外面徘徊。赶紧过了测验，把问题都解决了……叫醒雷姆，找出所有办法帮助有困难的人，早点离开这里吧。”

还没尝试就不安得停滞不前，纯属浪费宝贵的时间。

感觉这样正中某个坏心眼命题人的下怀。

“师匠，师匠。其实在小不点旁边，有个人的头摸起来很舒服。”

“我不是说了吗，我一惯着你，你就会堕落。所以，今后我会采用斯巴达式方针。”

“啊？”

夏乌拉不满地鼓起腮帮，索性闹起了别扭。只是过个十来秒，她又会像什么事都没发生过一样哼起小曲，确实容易应付。

“好了，小淑女都提意见了。只是尝试眼前的可能性而已，我们就不遗余力地尝试吧。”

“嗯，最好是这样。失败多少次都没关系，简直太轻松了。人生大多数时候都是一局定胜负……这问题算简单了。”

虽然是靠梅莉的鼓舞，由里乌斯和安娜塔西亚还是达成了一致的意见。既然如此，就该继续回想“被夏乌拉消灭并遗忘的英雄”了。

“总之，先回忆记得的名字……是这样吧。啊，雷德呢？他是初代‘剑圣’，是你杀的吗？”

“噫！”

昴随便提了个名字，夏乌拉立刻发出了尖叫。“危险！”由于反应过大，梅莉直接从夏乌拉背上摔了下来，昴飞扑过去接住了。

“谢……谢谢，大哥哥……”

“没事，看样子是怪我说话不注意……话说啊。”

昴小心翼翼地将梅莉放回地面，夏乌拉飞奔而逃，逃了好远，在房间另一个角落缩成了一团。

“什么情况，初代‘剑圣’有这么可怕吗？”

“怎么可能。那可是莱因哈鲁特大人和威尔海姆大人这些阿斯特雷亚家人的祖先。剑术自不用说，他高尚的人格也毋庸置疑。流传下来的逸闻确实更偏向于光明磊落，他也有不少跟莱因哈鲁特他们不一样的部分……可如果这不是事实，那阿斯特雷亚家迄今为止的历史就得改写了吧？”

“哎呀，不过，在翻阅历史时，只要换一个角度看，优秀的执政者也挺过分的，日本史也有这种情况。我觉得这个嫌疑跟他们比起来强得多……”

“受不了，真是无稽之谈。好吧。只要让她这个活证人说出来就清楚了。好了，说来听听吧。”

昴根据夏乌拉的反应想象起雷德的人品，结果遭到由里乌斯猛烈反对。非但如此，由里乌斯还对做好心理准备的昴付之一笑。

“你对初代‘剑圣’雷德·阿斯特雷亚有何感想？夏乌拉女士，我想听听你坦率的意见。”

“他就是个人渣。”

“我想听听你坦率的意见。”

“别当没听见啊！”

由里乌斯对不利的消息充耳不闻，昴便指着夏乌拉，继续说道：

“看嘛，你倒是听她说啊。你想知道的历史真相就在这里。”

“或多或少，拥有优秀才能的人总会有自信。这不该受到指责，反而应该感到自豪。更别说他还是留名史册的巅峰剑士，他会这样做也很正常。没错，应当考虑到时代背景——”

“我还是第一次见你这么拼。”

由里乌斯语无伦次，他自己都不知道这番话有多少说服力。

夏乌拉的描述多少与由里乌斯心中神圣的历史大相径庭，但他并未理会夏乌拉，任由夏乌拉滔滔不绝地抱怨起“雷德·阿斯特雷亚”的真面目。

“总之，他是个很讨厌的家伙，就像长大了的坏孩子，特别喜欢欺负弱者。准确来说，在那人渣看来，基本上所有对手都很弱，不管跟谁打都是欺负弱者。人家也被他整得特别惨。”

不知想起了多少可憎的记忆，夏乌拉的态度一直透着厌恶。简直就像被欺负的人想起了欺负自己的人干的事一样。

“必须记住那个人渣。就算动手的人忘了，受罪的人也绝对不会忘，这是理所当然的事实哟。”

“能把你打得还不了手，看来是相当不得了的怪物啊。算了，好像跟他没关系，先放一放吧。”

“没错……现在应该优先处理别的事。”

“为了开始处理优先的事，好像花了不少时间吧？”

虽然昴无法判断这是出于学术兴趣还是单纯的好奇心，不过他判断由里乌斯短时间内应该派不上用场。

尽管很对不起幻想被粉碎的由里乌斯，然而遗憾的是，昴目前没理由关心莱因哈鲁特的祖先。不管血统有多么厉害，说到底，莱因哈鲁特本人已经强得过分了，所以现在也不需要去了解他的祖先。而且，至少在“父亲”的人品方面，昴还是相信自己更幸运。

“既然如此，列举英雄挨个试的任务就交给熟悉的人吧。”

“明白了。交给我吧。”

“我还没说交给你呢，算了。你来吧。贝亚子，你也来帮忙。”

“知道了。”

把任务交给积极的人可谓明智。再派通晓四百年古今知识的碧翠丝帮忙，只为万无一失。

“那么我们该做什么呢？”

“我们就再仔细观察一下周围吧。”

既然由里乌斯和碧翠丝从英雄方面着手，昴就该从其他角度切入，先看看独石板群的位置再说。

“看起来很不统一，是有法则吗？总之，位于阶梯正面的是最开始那块。”

“这是出题的独石板吧。”

独石板间的间隔不算太窄，不必担心会不小心碰到，昴带着爱蜜莉雅和安娜塔西亚在房间里巡视独石板。

独石板的大小有微弱差异，看上去有一定关系。碍于不能触摸，所以无法测量准确尺寸，不过——

“我大致看了一下……跟最开始那块独石板大小相同的大概有七八块吧。”

“是吗？嗯，我也是这样想的。我觉得距离非常远的石板都很小。只不过那些碰了也得重来。”

“听你这口气就像有前科……啊，抱歉，当我没说。”

眼见爱蜜莉雅悲伤地望着自己，昴便不再多嘴。他回到最开始那块独石板前方，跟二人面面相觑，陷入了沉思。

"'被夏乌拉消灭的英雄，触碰其最闪耀的部分吧'……说得倒是煞有介事。"

"毫无疑问说得很抽象。很遗憾，我们想依靠夏乌拉小姐的记忆，可这做法不太合理。"

"这个嘛，确实没错。"

尽管这个谜题被标榜为测验，可解题方法是依靠他人——而且还是依靠塔的管理者，这实在太不公平。

夏乌拉对待昴一行人的态度很友好——虽说昴没期待过这种状况，但就结果而言，一行人没和夏乌拉起冲突就进入了塔，如果不是这样，惨烈的厮杀在所难免。就算能顺利进入塔中，也有可能不得不击败夏乌拉。

"这样一来，测验就永远不可能合格了。"

"如果不想让人通过，这才是正确做法吧。留下强大的守卫当防御，不击败守卫就无法通过测验。"

"但昴不是这样想的……是吧？"

"是啊。"

昴看着爱蜜莉雅期待的眼神，微微苦笑，点了一下头。

昴对这种眼神没有抵抗力。他无法抵抗爱蜜莉雅和碧翠丝期待的眼神，有时候也抵抗不住雷姆、加菲尔和奥托期待的眼神。其实佩特拉也不例外，但想起来就没完没了。不会露出这种眼神的也就只有帕特拉修和拉姆。

"嗯。除去例外，总的来说，既然出了题，就得让人解开。如果真的想隐瞒一件事，做得不露痕迹才算明智。"

"但是这里不一样，菜月是这样看的吧？"

"夏乌拉不是说了吗？大图书馆可以让人学到想学的知识。

很难想象这是夏乌拉想出来的，如果说她只是复述了别人跟她说的话，那么那个人就是夏乌拉的师匠，是他建造了这个图书馆并托付给夏乌拉。那就表示，她的师匠想让这个图书馆物尽其用。”

而越是深入分析可能性，现状就越显得不自然。

创造大图书馆普勒阿得斯的人应该想让大图书馆按他的期望发挥作用。而他设定的筛选条件就是留下测验和夏乌拉。

“意思是只有一开始就跟夏乌拉打好关系的人才能用？”

“但他命令夏乌拉把接近塔的全部干掉吧？”

没错，这就是问题。夏乌拉收到的命令是“将靠近塔的人统统除掉”，昴等人能和夏乌拉交好只是偶然。

要不是天赐良机，连挑战塔的资格都没有，这也未免太粗暴了。

“如果真是这样，需要的就是本事、运气和能跟夏乌拉友好相处的魅力？我觉得这些课题实在是太不讲理了。”

“就是啊。”

输给夏乌拉、杀死夏乌拉、无法获得夏乌拉的帮助，都会失去挑战大图书馆普勒阿得斯的资格——

尽管这很粗暴，但根据现有的所有条件来看，只能得出这个结论。

可是要接受这个结论，昴实在心不甘情不愿。就在这时——

“嗯。嗯嗯。”

“爱蜜莉雅炭？”

“我还是觉得奇怪。也许没什么关系……”

“现在只要有想法就尽管说出来。我的想法又不一定正确，能有不同角度的想法总是好的。”

“是吗？那我就说了……我始终感觉这个测验跟‘试炼’

很像。”

爱蜜莉雅的想法让昴和安娜塔西亚同时沉默了。只不过，昴和安娜塔西亚沉默的理由不同。安娜塔西亚是无法理解，昴是认可。

“又想阻拦我吗，艾姬多娜……”

“我觉得这次测验不太可能跟艾姬多娜有关……倒是昴非常讨厌艾姬多娜。”

“只要经历过救世主其实是幕后黑手的事，自然会变成我这样。”

“圣域”事件过后，爱蜜莉雅和昴只讨论过一两次魔女们的话题。即使提到“试炼”的内容，爱蜜莉雅也会闪烁其词，所以昴不会深究。

二人之间的共识便是“艾姬多娜性格不好”。爱蜜莉雅说得更委婉，昴则毫不顾忌。

在得知测验的时候，昴就说过和“试炼”很像。

既然连开头都和“试炼”有相似之处，那或许有一部分，或者说大部分系统和墓地相近。

“这样一想，‘试炼’姑且也有无数场啊。”

“而且，这里也有三场测验，第三层、第二层和第一层都有。”

昴和爱蜜莉雅望着彼此，愈发觉得两者很相似。

回顾“贤者”与四百年时间，自然会想起魔女们。难道无法避免历史的交错吗？

“嗯，不过对不起。就算知道很像，也无法得出答案。”

昴想到这里时，爱蜜莉雅急忙中断对话。

爱蜜莉雅的结论没错，就算这里有可能和墓地有关，那也和“塔吉忒”的“测验”毫无关系。

果然还得指望夏乌拉回忆起“被夏乌拉消灭的英雄”的名

字——

“是我想错了吗？”

“昴？”

“假设这里的谜题都有解，那不搞定夏乌拉就没法通过。这想法从一开始就错了吧？”

这里是“贤者”的塔，那里是“魔女”的墓地。

要说除了命题人的坏心眼，若还有其他的共同点，那就还有深入思考的余地——

魔女通过“试炼”考验人，没让人受苦受难却空手而归。

“贤者”通过测验考验人，应该不会让人受苦受难却空手而归。

“有可能不需要夏乌拉也能通过塔的考验……”

“菜月，你要是想到什么了……”

“嘘。”

安娜塔西亚正准备问个究竟，爱蜜莉雅眼见昴陷入沉思，便制止了她。

爱蜜莉雅将手指贴在嘴唇上，示意安娜塔西亚安静，并向昴投去期待的目光。昴正开动脑筋，对爱蜜莉雅期待的眼神浑然不知。

向塔发起挑战的人，有可能击败夏乌拉进入塔内。这样一来，在测验中，夏乌拉就可有可无了。

“我们过去一直误以为弗里格尔的功绩是夏乌拉的。‘贤者’最大的功绩是跟同伴一起封印了魔女。但是，‘嫉妒魔女’怎么都不可能是英雄，而且也没被消灭。”

前提或许有误。

或许还有“贤者”弗里格尔硬塞给夏乌拉的英雄事迹，只是昴不知道，但由里乌斯和碧翠丝想不到就太不自然了，这样必然会出现另一种可能性。

“如果说，就算不知道夏乌拉是夏乌拉，夏乌拉也存在。”

昴又重复了一遍。

并不是昴的思维在原地打转。恰恰相反，这是推翻一种可能性并得出另一种可能性的证据。而内容就是……

“贝亚子！过来一下！”

昴灵光一闪，想到一种可能性，抬起头把碧翠丝叫到身边。

由里乌斯和夏乌拉聊了很多，费尽心思想撬开她记忆的大门。旁边的碧翠丝一听昴的语气就知道他有所发现，噌地跳了起来。

“贝蒂喜欢昴这种表情。”

“你永远喜欢我，对吧？”

“特别喜欢。”

昴听见碧翠丝肉麻的表白，向站在正面的少女伸出手。碧翠丝握住伸向自己的手，睁着圆溜溜的蓝眼睛望着昴。

她的眼神像在问“想让我做什么”，于是昴点了一下头，说道：

“很简单——我想用姆拉克跳高一点。”

“你该不会是死心了，想撞破屋顶去上层吧？”

“别上来就嫌弃我啊。当然不是。我是想从上面俯瞰这些独石板。”

“俯瞰独石板……”

爱蜜莉雅听见昴的话，转身望着独石板嘀咕道。

碧翠丝即使不明白昴的意图，也不打算多问。她轻轻地叹了一口气，用力将昴拉到身边，说道：

“姆拉克。”

淡淡的浅紫色波动随着碧翠丝的咏唱，轻轻地包裹住了昴。

这种魔法能削弱重力的影响，让人体无比轻盈，只需轻轻一跳就能离地一米，如果用力蹬地——

“我跳！”

昴握着碧翠丝的手高高跃到房间上方。他一跃六七米，本该一头撞到屋顶，却并没有撞到。

在一片洁白的空间中，楼层不断扩张，屋顶仿佛不存在似的。昴可以从上空俯瞰房间的全景。

“跟我想的一样。”

“好了吗？”

“当然。这地方设计得太狡猾。”

碧翠丝在昴怀中听见这声低语，随即望向昴，昴见状扬起一边嘴角点了点头。

二人缓缓落地，昴用公主抱抱着翠碧丝，说道：

“我知道英雄的名字了。”

“真的吗？”

爱蜜莉雅刚才看着昴陷入沉思并一跃而起，听见昴自信地道出答案，她大吃一惊。安娜塔西亚也瞪大了眼睛。

“事到如今，我倒不是怀疑你……菜月，你是怎么得出答案的？”

“没这么复杂。解不开谜题不能怪你们。说到底，本来就没几个人能解开。”

从这层意义来说，这个谜题实在太狡猾了。

要克服夏乌拉这个障碍，还要理解问题的内容，而且最重要的是必须“有可能知道谜题答案”，这个前提就将挑战者限定得死死的。

“被夏乌拉消灭的英雄——名叫俄里翁（**注：俄里翁是古希腊神话中一位年轻英俊的巨人，海神波塞冬的儿子，死后化作了猎户座**）。”

“俄里翁？”

大家听见昴道出的名字，疑惑地望向夏乌拉。然而，夏乌拉顶着大家的目光拼命摇头否认：“人家不知道啊！”

“不不不，人家可不认识这人啊。就算是人家杀的，可无法抵达这里的人根本算不上英雄，所以人家觉得自己没有错。这套理论怎么样！人家可是很聪明的！”

“这家伙一看就不聪明，所以我一开始怀疑她可能忘了，但不是这样的。归根结底，这个问题的‘夏乌拉’指的就不是这家伙。”

“夏乌拉只有人家一个哟！这是师匠给人家取的名字！”

“师匠以前给你取的名字，原本也是有出处的。”

夏乌拉一边反驳一边凑过来，昴指着她的鼻子把她推到身后。随后昴向前走，在最开始那块独石板前站定。

“夏乌拉名字的由来……难道说又是只有昴知道？”

“倒不是只有我知道——在我的故乡，有星星叫‘夏乌拉’。意思是刺，要说是什么刺，那就是‘蝎子’的针刺。”

夏乌拉坚定地表示自己的发型是蝎尾辫，也不知那是某种程度上的提示，还是她的无心之语。不管怎么说，这几个条件让昴联想起“夏乌拉”就是“蝎子”，也就是“刺”。

“根据传说，英雄俄里翁因为太过张扬，被其他人派去的蝎子蜇死，变成了星星。然后，杀死俄里翁的蝎子也因此变成了星星，据说在天上的俄里翁现在依然害怕蝎子……”

“听昴解说，我感觉英雄故事也变得平淡无奇了。”

“总而言之，有人把形似人或动物的星星看成星座。不过称之为星群也没问题——然后，我从上面一俯瞰独石板就明白了。”

昴借助碧翠丝的魔法轻盈一跃，俯瞰了独石板群。

散布在白色世界中的黑色独石板——虽说和夜空与繁星的颜色正好相反，不过浮现在白色世界的黑色繁星连在一起便构成了昴熟知的“星群”。

和最开始那块独石板大小相同的独石板有七块，加在一起总共有八块。

八块石板构成了猎户座，主要的星星的数量和位置也一致。

最后再联想起“触碰其最闪耀的部分吧。”

“最开始那块独石板在正中间。就当是阿尔尼拉姆（**注：全夜空第30亮的恒星，在猎户座中则名列第4位，是已知最明亮的恒星之一。从地球上观测，会发现它位于猎户座的腰带上**）的位置好了。据此想象星座的形状……勾勒出猎户座。”

“然后呢？”

“‘最闪耀的部分’这个比喻其实有意想不到的陷阱。其实星星的发光方式有很多种，既有一直发光的，也有偶尔发光的。这样来看，猎户座最闪耀的部分有两颗星星……”

从正上方俯瞰，只见两颗星星最亮，分别是左上角位于猎户座右肩的“培提奇乌斯”（**注：又称猎户座 α 星，在冬季夜空中，它与大犬座的天狼星、小犬座的南河三组成冬季大三角**）以及右下那颗猎户座左脚的“雷吉尔”（**注：猎户座中最亮的恒星，它构成了猎户座的"左脚"，是夜空中第六颗最亮的恒星**）。

“雷吉尔”一直明亮，但“培提奇乌斯”是变星，亮度时而增强，时而变弱。

如果选哪边都是正确的，那么这答案就不够标准。

“我会选择‘雷吉尔’。”

毕竟培提奇乌斯的发音跟某人名字的发音一样，唤醒了昴不好的回忆。

于是，昴触摸了位于猎户座左脚“雷吉尔”处的独石板。

转眼间，耀眼的白光充满整个房间。

白光冲破声音和景色，驱散一切，最终——

“哦。”

待白光散去之时，昴等人已伫立在石砌的空间中——塔内被无数书架环绕着的房间中心。

3

周围的白色空间消失，无数个高耸至屋顶的书架映入眼帘。

昴触摸独石板，看到它消失便确信自己的想法是正确的。

“成功了！昴，好厉害——”

“真会算计，性格真烂！”

“啊？你怎么上来就抱怨！”

爱蜜莉雅看到第三层“塔吉忒”敞开大门，瞪圆眼睛开心地尖叫起来。昴皱紧眉头骂了几句，骂声在塔中回荡。

“答案跟我想的一样，我自己都觉得立功了……不过，我觉得能解开反而是大问题。那啥，其实这很不公平。”

“是吗？我倒觉得幸好昴知道得多。”

“重点不是我知道得很多才能解开，只有我能解开才是大问题啊。”

昴挠了挠头，然而爱蜜莉雅疑惑地偏着头。

昴不知道该怎样解释，只怕讲得再详细，大家也很难理解。

前面已经解释过测验内容源于猎户座的传说。“出题的人是浪漫主义者吗？”昴本想置身事外，恶狠狠地抱怨一句，不过最大的问题是，在这个世界学不到猎户座的知识。

猎户座也好，夏乌拉的名字也罢，二者都和星星有关，就连星座的排列方式等天体知识也源自昴原先所在的世界。

也就是说，命题人和昴一样了解星空。

说得更难听一点，只有熟悉异世界的星空才能解开命题人出的题，这表示命题人性格有问题。眼下命题人最有可能是“贤者”弗里格尔。

“看来你师匠的性格相当恶劣啊。”

“不不不不，说什么呢？居然自己说自己的坏话，太不像师匠的作风了。人家不否认师匠性格恶劣，不过有人能解开这题，师匠就算有人情味了！雷德绝对不可能这样出题……他估计会留下自己的分身，赢不了就别想通过！”

“虽说这样也很可怕，不过就通过的可能性而言，哪种更大呢……”

不管怎么说，看来曾经击败了“嫉妒魔女”的英雄们性格都有一点问题。

不过看这阵容，或许还是考查异世界的知识比较好。

“话说回来，这里的书真够多的啊。”

昴和夏乌拉还在反省，安娜塔西亚没有理会他们，环顾着周围的书架轻声嘀咕道。她一边抚摸围巾上的绒毛，一边望着塞满书的书架，说道：

“多亏昴，我们才通过‘测验’……这倒是好事，不过这个书库究竟是用来干什么的？这里都有什么书？真让人感兴趣。”

“夏乌拉女士说这里是知识的宝库，她之前是这样解释的。”

“看她的反应，这是‘塔吉忒’第一次开放啊。只能到处转转亲自确认。”

“是啊……不知道是不是错觉，我觉得你好激动啊。”

“激动……或许是有一点。”

碧翠丝来到昴身边，拎起裙摆，语速比平常快了一点。

她眼中隐约闪耀着光芒，饶有兴趣地环顾书库——想到其中的原因，昴一时忘记了当前的状况，欣慰之情油然而生。

“我还以为，你对禁书库只有不好的回忆呢。”

“的确不是只有好的回忆呀。但不管那是怎样的地方，贝蒂终究在那里生活了四百年。而且……”

“而且？”

“而且那是昴说‘选我’并向贝蒂求爱的地方呀。那地方就算想忘也忘不掉。”

“你好可爱啊。”

“唔呀，呀！”

昴心中涌起一股爱意，用力揉了揉碧翠丝的头。只听碧翠丝像猫咪一般尖叫起来，昴心满意足，立刻开始着手翻找书库。

测验已结束，独石板消失后，第三层圆柱形楼层显现出来。构造与下层别无二致，看来无限扩张好像是错觉。

这里紧密地摆放着书架，书架上面还堆着书架，书架看起来无穷无尽。禁书库的藏书量应该和这里差不多，但是论分量就是这边完胜。

“真想要台电脑啊，方便找书。”

“换成禁书库，哪里放着什么书，贝蒂记得一清二楚。”

“你好厉害啊，你是天才吗？”

昴一边附和碧翠丝不露声色的炫耀，一边走向身边的书架。

只见爱蜜莉雅等人也纷纷走向书架，不过好像始终没鼓起勇气伸手去拿。

“解开谜题的是昴吧？那么，别人也可以碰吗？”

“啊，我确实不清楚。不过，如果只有回答正确的人才能查阅，那你们光看着我解答，还能进书库，这就说不过去了吧？”

“对啊。不妨认为只要进入这里，就获得了许可。”

“嗯，我觉得应该是这样……喂，爱蜜莉雅炭！”

听过昴的观点，爱蜜莉雅恍然大悟，从眼前的书架抽出一本书。见状，昴大吃一惊。随后，爱蜜莉雅当着昴的面，翻阅起手中的书。

“嗯，这是普通的书……吧。昴，怎么了？”

“没，爱蜜莉雅炭胆子真大，我又迷上你了……话的确是我说的，可最怕的人反而是我。”

“昴都那样说了，所以没问题吧？咦，我说了奇怪的话吗？”

看样子爱蜜莉雅是真的没明白，搞得昴哑口无言。昴心生一股难以言喻的感情，随即捂住脸，轻轻叫了一声“哇”。

“这就是你累积起的信任。而且事实上，你解开了无人能解的‘塔吉忒’之谜，这功绩应该是无法否定的。”

“这就是瞎猫碰到死耗子。我只是碰巧遇上而已。”

由里乌斯见昴很困惑，便耸了耸肩，不过骑士的一番话让昴移开了视线。

爱蜜莉雅的信赖、碧翠丝的爱意、由里乌斯的诚意——昴渴望这些，可一旦真得到，心中总有一种挥之不去的蹊跷。

昴未曾停止自我怀疑，他不知道自己是否值得。

“爱蜜莉雅小姐说得没错，这是普通的书。看起来没有危险的机关。”

“书的材质……无法辨别。年代也不清楚。但内容……”

爱蜜莉雅像试毒似的，兴致勃勃地翻看一本本书，其他人见状也纷纷向书伸出手。只不过，世界没这么简单，光靠一两本书无法完全了解这片书海。

“贝亚子，怎么样？”

“贝蒂看规格是统一的呀。但是书名都不一样。这本是《诺亚·里贝塔斯》，这本是《埃贡·沃拉》，还摆放得乱七八糟。”

或许是图书管理员的心在隐隐作痛，碧翠丝对书杂乱的摆放很不满。在昴的记忆中，碧翠丝从没清理过禁书库，但里面的书都分门别类地摆放着。

昴不理会愤怒的碧翠丝，他看向书脊，发现一个问题。

“这些书的书名，全是人名吗？”

“嗯……好像是的。这本是《帕尔马·优莱》，这本是《科约特》。”

“看上去都是没听过的名字。虽然我不算见多识广，但这里面没有我认识的名字。当然，要是再多转转可能会不一样……”

“既然连你都不认识，那估计在场的人都不认识吧。”

连近期逐渐显露出“历史宅”一面的由里乌斯都不认识，难道书名不是人名？昴随便看了几本书，罗列的文字很正常，有“伊文字”“吕文字”“波文字”等，都是这世界独有的语言。

“姑且也问问安娜塔西亚小姐好了……这里面有你认识的名字吗？”

“嗯，没有。”

听着是叫安娜塔西亚的名字，昴实则是找围巾多娜确认。

她是人工精灵，掌握的知识很可能超过由里乌斯。然而这个期待也落空了。除非围巾多娜是敌人，否则这时没理由说谎。

“现在就放弃还太早。俗话说藏木于林……搞不好记载着重大情报的书就藏在这书架上，光想想就难受。”

“别放弃。这比难解的谜题简单多了。得加油了！”

爱蜜莉雅在书海中攥紧娇小的拳头给自己鼓劲。

或许是爱蜜莉雅鼓劲的样子激励了大家，昴的手指划过书名，他像是发现了什么，叫了一声：“啊？”

昴的手指划过某个书名时突然停住了。

他将手指放在书脊顶部，向外一拽，从塞得满满的书架中抽出书。他熟悉这本书的书名。

他下意识拿起书，翻开一看，只见书里有他熟悉的人名，他正准备查看内容——随后，一段记忆出现在他脑中。

昴眼前一黑。

4

女人，有一个女人。

她还很年幼，不知称她为女人是否妥当。

她身材瘦弱，衣衫褴褛，皮肤晒成了褐色，长着一头绿发。

她看上去应该算女孩，内心却揣着无尽的烦恼。

对她而言，这命题与生俱来，绝对无法得出答案。

这命题至高无上，无时无刻不在拷问着她。

那是世上存在的事理，黑与白。换言之，即善与恶。

正确的行为，错误的行为。

尽管世上有无数选项，但所有行为都能用两极之一评判。

她还是孩子，有理由为事理不停烦恼，这是必然的。

女孩的父亲将女孩的世界一分为二，分成黑与白、善与恶、善因与恶因。

女孩的父亲靠斩首罪人、惩罚罪有应得之人而生。

女孩父亲的工作是惩罚罪有应得的罪人，并断送其人生。

“行刑人。”

女孩自打幼年便一直旁观父亲行刑，观看刑场的一幕幕。

刑场上演着惨不忍睹的杀戮，回荡着罪人丧命时的惨叫，充斥着鲜血和死亡——

正是女孩的父亲决定让女孩一直在刑场观看“死亡”。

犯罪要受到相应的惩罚，以恶制恶。

父亲想传授给女儿世间的善恶，与他身为行刑人所坚信的人生之道。

父亲的想法很崇高，这无疑是高洁的思想。

但是女孩尚年幼，父亲的行为是那么自私，他在女儿身上追求理想为时过早。

女孩见证了数人死亡，嗅着鲜血的香气，将罪人受刑的场景烙入眼底。

结果女孩还未懂得生命的崇高，未懂得生死事理，先懂得了罪有应得。

善因催生善行，恶因唤来恶行，罪人的灵魂日渐肮脏，理应受到惩罚。

女孩这样理解父亲的教诲，追求“罪有应得”的人生之道。女孩渴求能实现人生之道的指针，渴求判定恶行的善之天平。

但是，女孩追求的天平，不在女孩身边。

善恶并非黑白分明，正与误、罪与罚受众多因素左右。

然而女孩尚且年幼，还不知妥协，没有停下脚步。

女孩必须得出答案。她心中必须有一架衡量善恶的天平。

必须给心中那永不消失的问题一个答案。

女孩在懊恼中度过了一天又一天，然而答案突然像天赐恩惠般降临了。

女孩打碎了父亲的酒杯，为自己犯下的罪行恐惧不已。

女孩甚至做好了被砍头的心理准备，向父亲坦白了罪行。

“坦白错误并道歉是正确的。”

女孩的父亲原谅了她的过失，甚至面带着微笑对她说道。

望着父亲的微笑，感受着父亲的爱抚，年幼的女孩恍然大悟——

衡量所犯之罪的天平不在别处，就在罪人自己的心中。

哪怕没人看见，罪人心中也知道自己的罪行。

善恶不得而知，难以评判。正误也没有明确的指针，寻而不得。

但罪恶感在自己心中。

恶果没有衡量标准。但是，罪有应得的罪恶感在自己心中。

女孩恍然大悟，感到满足，她终于获得了天平。

年幼的女孩还未懂得生命的崇高和人的生死事理，便揭露了需要惩罚的罪行。

女孩学习身为行刑人的父亲，为了让罪行得到应有的惩罚，走到了阳光之下。

为了揭露罪有应得之人的心。

对女孩而言，人生的集大成是将事物一分为二，分为善与恶、正与误、诚实与不诚实。

面对年幼女孩的提问，有人笑，有人为难，有人困惑。

但是，解答女孩疑问的人都给出了同一个答案——

理应受到惩罚的罪行在自己心中。

女孩四下环顾，周围一个人都没有，这里只剩下接受惩罚的罪人。

人们如碎片散落一地，女孩踩过他们，最后踩过化为碎片的父亲，为了实现世界赋予她的夙愿，踏上旅程寻求理应受到惩罚的罪行——

“傲慢魔女”日复一日地问罪、惩罚、裁决罪人。

5

昴看见了熟悉的“魔女”，见证了她如何蜕变，才随着一阵刺痛苏醒过来。

“啊！”

刺啦声响起，昴的意识脱离了书，浑身的血液发干粘在一起，一股力量狠狠拉扯着他，不惜剥掉他的皮肤。

感受到疼痛的既不是大脑也不是身体，而是灵魂。

灵魂受到书的拉扯，分离的时候伴随着剧痛。

“昴！”

昴身旁传来一道刺耳的呼唤，书从他手中滑落。翻开的书倒着掉在地上，昴没站稳，爱蜜莉雅扶住了他的肩膀。

“呼，呼……”

“没……没事吧？你刚才看起来非常痛苦啊……”

“差点被带走……吗？我在这里吧？”

昴的心脏怦怦直跳，他捂着胸口，不停地深呼吸。他的目光游离不定，最终停在爱蜜莉雅身上，这才冷静了下来。

“啊，看着爱蜜莉雅炭的脸就能冷静下来。扶我一下。”

“好。出什么事了？”

爱蜜莉雅顺从地听昴撒娇，扶着他的肩膀问道。听见爱蜜莉雅这番话，碧翠丝伸手去捡掉在地上的书。

“刚才碰到这本书，你表情就不对劲了呀……”

“住手，碧翠丝！别碰！”

昴本想制止碧翠丝，结果她先一步捡起书，将书抱在了怀里。她没有翻阅书的内容，见昴急冲冲的，困惑地念出了书名。

“提丰。昴认识这个名字呀？”

“啊，嗯……难道你……”

昴听了碧翠丝的提问，本想反问一句：“难道你不知道吗？”然而，昴感觉她的回答可能既有肯定，也有否定，于是昴皱起眉头，不知该如何启齿。这时，碧翠丝翻开书查看内容。

“笨蛋！”

“骂人笨蛋真没礼貌。这本书跟别的书又没区别。”

昴经受的冲击也会袭向碧翠丝——他原本是这样想的，结果少女看着书的内容，竟然毫无反应。看来它和别的书一样，就是普通的书。

“但是在昴看来，跟别的书不一样……应该是这么回事。”

“没错。可是，为什么只有我有反应？”

“难道说跟房间里的谜题一样，只有昴能看懂？或者说，真的只对解开谜题的昴有效吗……”

“要真是这样，那这人的性格就更恶劣了……”

爱蜜莉雅陷入沉思，她的假设让昴心生不祥的预感，昴摇了摇头——

“女孩”浓稠鲜明的记忆在昴的脑海中闪过。

有嗅觉，有味觉，有触觉——昴能感受到粉碎的生命之重。

体验过“他人”那么强烈的记忆还能回来，实属奇迹。昴也有可能直接被他人的人生吞噬。在刚才的体验中，他确实感受到恐惧和厌恶。

“昴，你跟这个叫提丰的人在哪里见过啊？”

“很难解释——不对，跟爱蜜莉雅炭解释就不难了吧？既然你不认识，就表示你没见过吧，这人在墓地。”

听见这个词，爱蜜莉雅和碧翠丝同时愣住了。

“提丰是曾经存在过的一位魔女。她是‘傲慢魔女’，外貌跟碧翠丝差不多，是个褐色皮肤的小女孩。只不过，这孩子完美诠释了‘纯真的残酷’一词。”

听见昴解释，爱蜜莉雅和碧翠丝摇了摇头表示不认识。

看来艾姬多娜的魔女博览会是单为昴准备的特别措施。虽说是用来达成自己的目的，不过设计得还挺精心。

“‘纯真的残酷’……啊。”

昴试着说出口，开始回想短暂接触过的提丰。

事实上，虽说是在精神世界，不过昴难以忘记胳膊、腿被她伤得血肉模糊。尽管伤口很快痊愈了，可是失去四肢的剧痛丝毫不会减轻。

只不过，经过刚才的“阅读”，昴感觉看见了她异常思想的端倪。当然了，能否理解则是另一码事。

“总之，在看过那本书后，那个叫提丰的女孩的……记忆？人生？起源？总之我体验了这些东西，然后不太舒服。”

“体验别人的记忆。感觉这就跟墓地的‘试炼’一样。”

“那是跟自己的记忆正面对决，轻轻松松啦。”

“是……是啊。轻轻松松啦。”

昴和爱蜜莉雅面对面点了点头，当过去发生的事不存在，比如哭得涕泪交流，比如一次又一次失败，内心险些崩溃，等等。

“先不管这两个逞强的人，体验他人记忆的书——也就是说，这也是回忆过去的手段呀。既然如此，能了解到想了解之事的图书馆就是……”

碧翠丝思考着昴遭遇的事，嘀咕起来。但是，当昴望着她的侧脸正准备提问，旁边又传来一声呻吟。

正在调查其他书架的由里乌斯和安娜塔西亚那里传来一声呻吟，昴循声望去，只见由里乌斯手拿着一本书跪在地上。

安娜塔西亚在一旁大惊失色地摇晃骑士的肩膀，抢走了书。

“由里乌斯？由里乌斯，振作点！能听见我说话吧？”

“安娜塔西亚……大人。”

“对，就这样。慢慢深呼吸……嗯，没事了吧？”

由里乌斯的表现和昴刚才一模一样，意识回到了现实世界。由里乌斯连疲惫的样子都美如画，安娜塔西亚望着他，脸上浮现出安心的神情。

“喂喂，难懂的书读太多，读发烧了吗？我可以理解你的心情……喂，好痛。”

“别条件反射般挖苦人。由里乌斯，你没事吧？”

昴调侃道，爱蜜莉雅温柔却不失严厉地揪了揪他的耳朵。由里乌斯脸色稍显苍白，听到爱蜜莉雅关心自己，摇了摇头。

“让您担心了，对不起。反应这么大，我自己都觉得丢人……只不过，确实对心脏不好。”

由里乌斯掩饰着满心疲惫，优雅地回答了爱蜜莉雅。不过，他掩饰不住额头上的冷汗。安娜塔西亚轻轻将手帕递给逞强的他，说道：

“逞强是男人的本能，这没办法，但难受的时候要老老实实说出来吧？要是撑不住了，会给周围人添麻烦的。”

“好的，谢谢您的关心。”

“嗯嗯，安娜塔西亚小姐说得对，是吧，昴？”

“搞不懂为什么要叮嘱我，没错！”

两对主仆说罢，众人又关注起安娜塔西亚手中的书。

由里乌斯看过书的内容，十之八九与昴有同样的体验。昴望向书，上面写的书名——

“《巴尔罗伊·特梅格里夫》，你认识吗？”

“我没听过这名字。应该不会错。”

爱蜜莉雅念出书名，昴用余光望着她，自信地点头回答道。他对记忆力好歹还有自信，从阿拉姆的村民到王都的水果店老板，只要他认识，就记得一清二楚。

“我对这名字有印象。我记得是……嗯，对了。佛拉基亚帝国的将军是不是叫这名字啊？”

“准确来说，是前将军。”

安娜塔西亚搜寻模糊的记忆说出了答案，由里乌斯补充道。单是听二人对话，就能得知那人和由里乌斯有一定关系。

“可佛拉基亚是南边的国家吧？你认识那里的将军吗？”

“是前将军。这没什么好惊讶的吧？我是近卫骑士团的人。而且佛拉基亚帝国是卢克尼卡王国的邻国，听到将军名字的机会要多少有多少。”

“原来如此，你只是听过他……这样啊。”

昴听完由里乌斯的解释，眯起眼睛点了一下头。随后，昴向安娜塔西亚使眼色，从她手中接过名为《巴尔罗伊》的书。

昴犹豫片刻，翻开了书。不过——

“我现在也听说过他了，可看了书也没有反应。”

“昴。”

“现在我们之间最重要的是信赖吧？要说你我之间是否存在信赖……不会只有我觉得我们相互信赖吧？”

“你这样说就太卑鄙了。”

昴瞪着由里乌斯，由里乌斯垂下头答道。

“我现在最信任的人是在座的各位。安娜塔西亚大人和你在精神上支持着我，这一点甚至超过了莱因哈鲁特。”

“我感觉你这说法挺恶心的。”

“我说出来舌头都发痒。”

昴搔了搔鼻头，由里乌斯捋起刘海，闭上眼睛。随后，由里乌斯叹了一口气，紧接着向安娜塔西亚和爱蜜莉雅鞠了一躬。

“我要向各位道歉，安娜塔西亚大人、爱蜜莉雅大人。我刚才回答时夹带了一点私情。在需要共享书籍内容时，这样的行为难以饶恕。”

“是否饶恕你，得看我和爱蜜莉雅小姐的肚量。你怎么想？”

“我想说的都被昴和安娜塔西亚小姐说完了吧，所以我现在觉得无所谓，没问题。”

爱蜜莉雅和安娜塔西亚欣然接受了赔罪，由里乌斯再次向她们深深鞠了一躬。干了坏事诚心道歉的人最受不了取得谅解，毕竟昴也经常品尝这种滋味，所以难以置身事外。

昴暗自感叹，但由里乌斯没有理会他，慢慢道出缘由。在昴看来，这类似于揭开快好的伤疤。

“巴尔罗伊·特梅格里夫。以奉行实力至上主义闻名的佛拉基亚有九位最强的将军，他就是那‘九神将’中的一人。”

“‘九神将’……听着好激动人心啊，我不讨厌这命名品位。”

“这九个人都是实力不相上下的强者……单纯从国力来看，佛拉基亚帝国跟卢克尼卡王国势均力敌，或者说对方更强一点。从武力的角度来看，如果不算跟神龙缔结了盟约的莱因哈鲁特，王国势必会陷入苦战。”

“感觉以战争为前提很奇怪啊……”

昴挠着脸，默默记下了由里乌斯对战力的评价。

仔细一想，昴不太熟悉卢克尼卡王国之外的国家形势——

“既然你说巴尔罗伊是前将军，那就表示……”

“嗯，已经去世了。他拥有稀世的实力，也是品格高尚的武者，是值得敬重的高手。而夺走他生命的不是别人，正是我。”

由里乌斯显得耿耿于怀，说出了他国将军的末路。

“夺走了他国将军的性命，这可真够惊人的。”

“安娜塔西亚大人应该——不对，现在已经忘了吧。”

眼见安娜塔西亚表现得就像第一次听说，由里乌斯垂下头。

根据由里乌斯的这一反应来看，记忆消失前的他，和被围巾多娜占据身体前的安娜塔西亚，都知道这个情报吧。

“那个，如果我看过的书没错，据说卢克尼卡跟佛拉基亚关系非常差……”

“杀死了帝国的将军，没有爆发战争吗？”

面对二人直白朴素的疑问，由里乌斯有些安心地点了点头。

“这是错综复杂的因素作用下的结果。这跟莱因哈鲁特和菲莉丝并非毫无关系……不过简单来说，就是前将军曾在帝国谋划过政变。我之所以跟他厮杀，是因为我当时正好在帝国逗留。”

“跟那两个人也有关系啊。咦？不是禁止莱因哈鲁特出口吗？”

“破例下达了许可。因为帝国的皇帝想见他……你用‘出口’形容莱因哈鲁特也不太合适吧？”

“一时间想不到其他词了。那该怎么说，走私吗？”

要说“剑圣”是不能运送的人，确实没错。

事实上，昴在普利斯提拉再次切身感受到莱因哈鲁特超凡的实力，所以不难想象，莱因哈鲁特参战对别国而言堪称噩梦。存在不准他靠近国界的条约也就不足为奇了。

“总而言之，前将军名叫巴尔罗伊·特梅格里夫。我们单挑，结果我捡回一条命，不过那场较量真的只有毫厘之差。稍有差池，我跟他的下场就会对调吧……杀死他实在太可惜了。”

“你对他的评价怎么这么高？他企图政变，结果失败了吧？”

“我没有听说具体情况。但是，我用剑跟他交过手，确信巴尔罗伊阁下不是因为一己私利参与政变的。”

如此强烈的反驳，恰好证明这人在由里乌斯内心深处留下了一根刺。

昴正因为能真实地感受到这一点，才会很疑惑。

“我非常清楚你很认可他这个对手。我也不知道该怎么说，你战胜了他还这个样子，他恐怕不会开心吧？”

“这是什么意思？”

“还能是什么意思，就字面意思啊。”

按由里乌斯的脾性，他恐怕很想称赞他认可的对手，可既然对方是习武之人，那他就更不该这么做，毕竟已经决出胜负。

“哪来这么多废话，对方看你为胜利感到骄傲，心里也会舒服点。只不过，你当时要是输了，我也不至于在国王选举开始时，在众目睽睽之下被揍得不成人形，我也不能忽略这事。”

“那在练兵场教训你的人就是莱因哈鲁特了。”

“那我人就没了！”

昴的调侃让表情阴沉的由里乌斯露出了微笑。昴对他的反应心满意足，默默耸了耸肩。

“跑题了。这就是我跟巴尔罗伊阁下的接点。对不起。原则上来说，这件事是严禁公开的，而且对我来说这也是一段痛苦的记忆。”

“这的确是不能声张的事。明白了。我会给嘴拉上拉链的。”

“嗯，知道了，我也会给嘴拉上拉链。”

昴和爱蜜莉雅了解清楚由里乌斯的情况，答应保守秘密。

于是，由里乌斯“体验”过的书中人物的身份就明确了——

“贝蒂好像明白了。也就是说，这里的书能让看书的人体验‘认识的人’的过去呀。”

“我的是魔女，由里乌斯的是前将军。这推测应该不会错。”

“什么嘛，我好像听见了不能置若罔闻的词，菜月还认识魔女啊？这交友关系真令人讨厌。根本是魔女教嘛。”

“我自己都超级害怕，但是，我的个性可没这么强烈。我烦恼的就是没个性啊。”

安娜塔西亚的一番话让昴耸了耸肩，结果导致爱蜜莉雅、碧翠丝，甚至是由里乌斯都露出了一脸嫌弃的表情。

“我大致清楚书库的书的性质了。知道归知道，我可以说一件恐怖的事吗？”

“虽然不太想听，不过你还是说吧。”

“这书库的书，标题都是人名吧？”

安娜塔西亚指着《巴尔罗伊》和《提丰》这两本书确认道，尽管昴害怕继续听下去，却还是点头说了声“嗯”。

“帝国将军的书，还有菜月的朋友魔女的书。”

“我们可不是朋友。”

“连你的朋友魔女的书都有，那就表示这里的书都是逝者的书。”

将提丰的状态称为故人有点违和，不过茶会的空间已从墓地消失，应该认为魔女们已经彻底死亡了。

至于艾姬多娜，包含围巾多娜在内，她们的疑点实在太多，还无法让人放心。

昴内心的纠葛姑且不论，安娜塔西亚张开双臂转了一圈，示意大家注意整个书库，然后说道：

“这里的书，恐怕包含了从古至今世界上所有人的名字吧？如果真是这样，想找出特定人物的书，到底要花多少时间呢？”

昴听过安娜塔西亚这番话，望着她指出的书海，心生一个念头。

还是更正一下吧。建造这个书库的人，性格不是烂——

是烂到极点。

The only ability I got in a different world "Returns by Death"
I die again and again to save her.

第三章 塔吉忒书库

Re:从零开始的异世界生活
Re: Life in a different world from zero

1

“话说回来，真是想想就头痛。”

梅莉用手指把玩着自己的麻花辫，环顾书架轻声说道。

听见梅莉嘀咕，面对书架的昴转过身来问：“怎么了？”

“你在解谜时就没什么参加的欲望，现在又感兴趣了？”

“怎么说呢……认识的逝者越多，能看的书就越多吧？既然如此，那我应该能看好多书。”

梅莉跪地而坐，昴听到她的无心之言，停下手头的动作。见状，梅莉露出疑惑的神情，这让昴感到五味杂陈。

梅莉杀过很多人，所以认识很多死者——少女尚年幼便被训练成杀手了，昴不知道该怎样开口。

“同情也只是我一厢情愿吧……”

局外人不知道是否该怜悯、哀叹这样的人生。只不过，梅莉看上去并不为此感到痛苦，这让昴很悲伤。

第三层“塔吉忒”的书库已开放，一行人面对书海，决定一本本试。

在书库可以体验逝者的“记忆”，有机会了解死者不为人知的经历。单从表面看，倒是有无限可能——

“如果戴围巾的姐姐说的是对的，那这里就有过去所有死者的书吧？过去的范围是到塔建成为止吗？”

“不知道。假设是你说的这样，那这里就有大致四百年的记录——也就是‘死者之书’。实在看不完啊。”

说实话，光是查书名都需要大量时间。

其实在昴和由里乌斯“中奖”后，一行人还没人抽中“死者之书”。这正表示四百年的历史十分厚重。

“不用体验那种感觉倒也轻松不少……”

“你又开始抱怨了。瞧你这样子，大姐姐和小碧翠丝的负担会很重的。还有光溜溜大姐姐，你打算怎么搞定她？”

“别把我说得这么花心啊——不对，我确实无法否定，不过现在先否定一下。那么，说到夏乌拉……”

昴听了梅莉的问题，垂下肩膀瞟了一眼夏乌拉。夏乌拉站在稍远的地方，由里乌斯和安娜塔西亚不停地问她问题，她发现昴的目光，立刻双目放光来了个飞吻，却被昴挡下了。

“呵呵……大哥哥真是坏男人啊。”

“我听你评价我，感觉比拉姆和安娜塔西亚小姐评价我更难受。”

长相稚嫩的少女对男人失望让人倍受打击。昴心疼地挠了挠头，说道：

“这个时候也许不太合适，我可以问你一点事吗？”

“什么……大哥哥，我觉得这样实在是太花心了。”

“不是的！不是你想的那样！”

“开玩笑啦……想问就问呗。”

梅莉轻轻歪着头，眯起了迷人的眼睛。昴看着隐约散发出蛊惑气息的梅莉，先铺垫了一句“那我就不客气了”，然后问道：

“你是什么时候开始当杀手的？”

“噗，啊哈哈哈哈哈！”

“啊！什么意思！为什么要笑？”

昴自认为语气严肃，换来的却是梅莉的大笑，不由得翻了翻白眼。梅莉见昴慌了神，便擦去眼角的泪，说道：

“对不起啊。我是真没想到都这时候了，居然还问我这个问题。我都在你们的宅邸待了大约一年了呀。结果呢，跑到这全是沙子的塔里才开始关心我的身世？”

“经你这么一说，好像确实没错啊，现在送布偶有用吗？”

“只要肯送我礼物，我就喜欢大哥哥，呵呵。”

梅莉用手捂着嘴角望着昴，眼里带着戏谑。昴见她的反应，尝到了尴尬的滋味。

现在问确实太晚了。昴之所以拖到现在才问这个问题，或许因为这里是储存死者“记忆”的书库。

只要在这里，就不得不在意“死亡”。

“在来到这里以前，我一直没想起来……”

“一直没想起来？”

“最近一年，你在我心中已经变成玩人偶的女孩子了。我觉得不只是我一个人这样想。”

当然了，昴没这么天真，还不至于彻底忘了梅莉有多危险。

非但如此，昴还记得他抓住梅莉，把她关进了宅邸牢，在最开始的一段时间，他一直提防着她。不过，她既没尝试逃走，也没想过伤害宅邸的人。

于是，昴渐渐对她收起了戒心。

“虽说发生过不少事，不过你跟佩特拉相处得也很好吧？”

“唉……我说啊，小佩特拉可是非常执着哦。”

“是吗？”

“嗯，是啊。她说不知道我是敌是友，所以可以喜欢她。还说这样就不会背叛她了。”

“喂喂，这也太厉害了吧。佩特拉真是个小恶魔……”

昴得知后大吃一惊，没想到佩特拉为了阵营费了这么大力气。佩特拉和梅莉两位少女温馨交流的背后竟然还隐藏着内幕。

“真没想到除了奥托和罗兹瓦尔，还有人为我们操心……”

“大哥哥和大姐姐，尤其是大姐姐，大家为了让大姐姐一直是大姐姐，肯定费了不少力气。”

梅莉抱着膝，下巴抵着膝盖说道。昴认可她的分析。

昴自封为爱蜜莉雅的骑士，自然要为保护爱蜜莉雅而行动，而阵营里的人都牵挂着爱蜜莉雅的安危，在一旁出力。

昴以为他无微不至地关心着爱蜜莉雅，可是和其他眼力好的人相比，昴总落后一步。只不过，昴没想到连佩特拉都付出了这么多。

阵营里的人都希望爱蜜莉雅保持自己的风范——与过度保护意义不同，却也是所有人的愿望。

“我是距今五六年前开始当杀手的。”

“你愿意说出来吗？”

“毕竟我都让你想问就问了，又不是需要隐瞒的事。”

梅莉有些无奈地歪起头，蓝色麻花辫从肩头滑落。昴盯着她打晃的发梢，只听她淡淡地说：

“我之前也说过，对我来说杀人不算工作，更像是遵守妈妈的命令。要是违抗妈妈，妈妈就会变得相当……相当可怕。”

“妈妈啊。”

昴很清楚，这不是字面意思上的妈妈。

硬要说的话，或许和养母接近，不过在昴看来就是扭曲的源头，所以他很想蔑称其为“扭曲之母”。

竟然靠恐惧控制如此年幼的少女，并将她培养成杀手。

“原本我就知道我能让小魔兽听话，所以工作方面问题不大。而且妈妈收养我也是为了这个。”

“等一下。你说收养？也就是说……”

“嗯，我是被抛弃的孤儿。在懂事前就被扔到森林了，是小魔兽们把我养大的。”

梅莉说得很轻巧，看起来满不在乎，昴听了却大吃一惊。

魔兽将她从婴儿养育成人——

“姑且不提现实中的狼少女，魔兽还会养育婴儿吗？”

“普通的孩子肯定不行。不过，我天生就拥有能跟小魔兽好好相处的力量，我基本是被这力量救下来的。”

梅莉说到这里稍作停顿，然后对语塞的昴继续说道：

“总之，我觉得都是加护作祟，我才被抛弃……所以到底算好还是坏，我也不清楚。嘿嘿。”

“梅莉……”

“咦？很无聊吗？我还以为你会笑呢。”

梅莉有些诧异，昴不知道该对她说什么好。现在是该流露出沉痛的表情，还是该发挥黑色幽默？

至少可以肯定，昴的心灵远远没武装得那么刚强，没法选择后者。

“别露出这种表情啊，大哥哥。我一点都不在意的。”

“你不在意……”

“天生具有加护的人通常很辛苦。比如内政官先生和尖牙大哥哥就是这样……我想你一定能理解。”

梅莉用奥托和加菲尔这两个都有加护的人举例，谈到了拥有加护之人天生无法避免的苦难。

奥托以前也说过同样的话。加护在旁人看来很方便，却只有拥有加护的人才知道有多辛苦。

“因为有加护，所以我被父母遗弃了；因为有加护，所以我被人收养并开始当杀手，因此我现在才能跟大哥哥们在一起……感觉好不可思议啊。”

“要说命途多舛，的确没错。”

“只不过在我看来，没被杀掉才极其不自然。”

“这事早就讨论完了。我们再也不会讨论了，而且估计讨论多少次结论也不会变。梅莉，我就假设一下。”

“什么？”

梅莉歪着脑袋，稍稍仰起脸，昴示意她看书架。书架上的书多到数不清，假如这些书全是人们在这世界活过的证据……

“假设这里面有你父母的书，你愿意看吗？”

“我的父母？你指的不是妈妈，而是我的亲生父母？”

昴对惊讶的梅莉点了点头。

这并非毫无可能。梅莉说自己是被父母遗弃的，但事实怎样，还是婴儿的她无从知晓。因不得已的理由放弃孩子也十分有可能，答案或许在这些书里面。

“我一点兴趣都没有。”

然而，梅莉茫然地回答了昴的问题。

这不是逞强，不是虚张声势，而是未经掩饰的真心话。梅莉这样回答，纯粹因为对父母漠不关心，甚至不厌恶，不仇恨。

“这样啊……”

“别误会了，大哥哥。我可没恨过抛弃我的父母。怎么说呢，我没想过恨他们。”

梅莉从不关心遗弃她的父母——她仿佛在说父母除了生下她，便与她再无任何交集。

昴叹了一口气，有点难以接受。

说这场旅程是寻找自我之旅就太陈腐了，不过在昴看来，寻根之旅自有意义。

可这终归是旁观者的意见。既然当事人梅莉都看淡了，那昴就只能接受。

“这样一来，我就更怀疑这书库的存在价值了……”

“顺便问一下，如果我说我想看，你打算怎么办？”

“那肯定是去找啊。立刻找出来也许不现实，不过我可以多调查一下你的身世，等查到父母的名字就找时间……”

“大哥哥真是笨蛋啊。”

“为什么啊！”

梅莉脱口而出骂了一句，昴也只能脱口而出大叫一声。

梅莉眼见昴的反应，摇了摇头。她当场站起来拍拍屁股，望向书架：

“你想啊，我们不可能从这么多书里面找出想要的书。”

“可我觉得既然这里蕴藏着可能性，那就有挑战的价值。”

“真不巧，我不想看这里的书……”

“嗯？”说到最后，梅莉的语气变弱了一点，昴见状便皱起了眉头。紧接着，梅莉又转过身来面对着昴，说道：

“我想了一下，只要有人死去，这里的书就会增加吧？”

“嗯，应该是这样吧。”

“那是怎么增加的呢？打个比方，如果大哥哥现在突然死了，大哥哥的书会突然凭空出现吗？我很感兴趣。”

“你针对我！不好意思，我可不为你冒这个险！”

要是梅莉认为昴什么都愿意答应，那就太伤人了。昴怎么也不可能为她搭上性命。

梅莉听见昴的回答，噘起嘴以示不满。

“昴，梅莉，你们看起来好开心啊。找到线索了吗？”

爱蜜莉雅听见昴和梅莉的对话，来到二人面前。她在书库到处逛，心里满怀期待，以为昴和梅莉有了新发现，然而他们光顾着闲谈，还毫无收获。

昴不忍心直接回答，就在这时——

“啊，听我说，听我说，大姐姐。大哥哥追我了。”

“我可没追你！我反而说爱蜜莉雅炭很重要！”

“你这样说我非常高兴，但也用不着这么大声否定吧。你这样梅莉也会很难受吧？”

爱蜜莉雅毫不害羞，轻描淡写地带过昴的求爱。她叱责过昴，随即向梅莉道歉：

“抱歉啊。昴有个毛病，总爱耍帅。我也会好好说他的，要是他在你面前不知收敛，你也别计较。”

“大姐姐是怎么看大哥哥的啊？”

“昴是我的骑士，他对我很重要……”

爱蜜莉雅没有理解问题的意图，睁大眼睛答道。

见状，梅莉浅浅一笑，再次望向耷拉着肩膀的昴。

“看来大哥哥以后也不容易。”

梅莉的怜悯让昴只得再次沉默。

2

“话说回来，通往上层的楼梯在哪啊？”

“到目前为止还毫无线索……”

爱蜜莉雅歪着头，昴将头歪向另一侧叹息着。

昴跟梅莉聊了几句，总觉得自己不是梅莉的对手，还被年幼的梅莉耍得团团转，最后一行人不得不转变方针。

转变的方针是放弃“塔吉忒”中无数本“死者之书”，优先挑战普勒阿得斯监视塔的下一场测验，也就是通往第二层。

“到头来，感觉我们现在还对付不了这个书库……”

“嗯……就算费半天劲找到熟悉的名字，那人也很可能不知道我们想知道的事。”

爱蜜莉雅懊恼地垂下眉梢。正如她所说，“死者之书”可能没记载着昴一行人需要的情报。

昴要想将死者的脸和记忆对上号，从而找出的情报，势必要耗费大量时间，运气还得好到能中彩票。显然这两个条件都不好满足，时间自不用说，对昴而言，期待自己的运气无异于自杀。

“所以，我们想要的情报应该在上层。”

“上不去。我跳到书架上面看过了，没找到。”

“爱蜜莉雅炭的胆子还挺大啊……”

不久前，一行人刚将方针换成寻找通往上层的阶梯，爱蜜莉雅就立刻跳上书架查看有没有隐藏阶梯。遗憾的是没能找到，她果敢的行动到头来竹篮打水一场空。

其间还有一段小插曲，爱蜜莉雅跳上书架，短裙裙摆飘飘，让昴惊惶失措，不过——

“没事。为了不让裙子掀起来，帕克教过我不少办法，说这是保持女孩子矜持的护身法。我平时都很注意的。”

“我心情好复杂，不知道该夸帕克，还是该骂帕克……算了，总而言之。”

先不论刚揭露的冲击性事实，现已得知这里没路通往上层，无法强闯，这算是爱蜜莉雅的收获。

昴一行人怎么也找不到通往第二层的阶梯。这一关就像测验的补测。

昴认为过于精心的设计会打击挑战者的积极性，不过设计者弗里格尔在建造塔的时候恐怕也考虑到了这一点。真是可恨。

“真想看看他父母长成什么样……说到底，我都不知道他长什么样。”

“昴，方便聊几句吗？”

昴和爱蜜莉雅正在商量，由里乌斯来到他们身边如此说道。

他陪安娜塔西亚挑战书库，应该和昴有不同看法，所以昴寄希望于他，希望他能有所发现。

“怎么样，找到线索没？”

“很遗憾，没有像样的收获。我大致看了一圈书架，感觉书没有按规则排列。看来不是通过名字和年代排序的。”

“不是按书名排序就算了，也不是按年代排序啊……”

找出“死者之书”的排序方式才有一线希望利用书库。最起码找书要方便一点，这样多少还能派上点用场。

大家还讨论了梅莉先前提到的“死者之书”的增加方式，不过既然不是按照年代排序的，那这个突破口等于被堵死了。

“也就是说，收获就是没有收获。于是我们就想着也许菜月和爱蜜莉雅小姐有所发现。”

“嗯，对不起。我们在书架上面也没找到线索……”

“啊，所以才要跳到书架上去啊。哎呀，我还以为你们突然发现了什么……”

得知爱蜜莉雅的真实意图，安娜塔西亚微微苦笑。在她身边，由里乌斯向爱蜜莉雅竖起手指：

“我可以说一下吗？我想昴和爱蜜莉雅大人应该也得出同样的结论了，我们应付不了‘塔吉忒’的书库。我们肯定来不及把海量藏书全部检查一遍。”

“我们也是这样想的。所以在找通往下一场测验的阶梯。”

“这样最好。只不过，我希望能同时找到运用书库的办法。”

“找到运用书库的办法？你想到主意了吗？”

“嗯，当然。我想到的办法就是举国之力。”

由里乌斯提到人手不足的问题，一本正经地给出了建议。

“国……”听见这番话，爱蜜莉雅瞪大了眼睛，一旁的昴打了一个响指。

“原来如此。我没怎么想过这办法，还可以这样干吗？防止别人抵达监视塔的结界已经消失了，只要能穿越遍地魔兽的沙海……”

“就能抵达塔。即便如此还是很冒险。不过，要是能用人海战术把书库的消息报告给王国，还是相当有价值的。”

“毕竟资料价值不是一般高……肯定能补上不少你最喜欢的历史缺口。”

“这终归只是次要目的。”

由里乌斯快速回应了昴的调侃，不过他立刻摇了摇头：

“不对，要说一点不期待是说谎。对不起，我有私心。”

“别这么失落啊，为私心行动哪里不对啊。你反省得这么深刻，让我这个行动都是出于私心的人情何以堪。”

总的来说，昴会期待回报，而且他不认为自己能舍弃私心，单靠使命感行动。时刻想着自己，这既是昴的行动理念，也是方针。

“这不是需要刻意回避的问题。说到底，在我的记忆里，安娜塔西亚小姐想当国王就纯粹出于私心。我说错了吗？”

“嗯嗯，没错。我想当国王是为了满足欲望。就结果而言，我身边的人也能收获利益。仅此而已。”

昴这番话不知算无礼，还是算冒犯，安娜塔西亚听了，毫不介意地笑了出来。随后，她一边摸狐皮围巾，一边说道：

“不过，由里乌斯能跟我成为主仆还真是有意思。我是这样想的，爱蜜莉雅小姐又怎样想呢？”

“就我个人而言，其他阵营的人不和谐是件好事，要是再因为音乐观不同而解散就好了……好痛！爱蜜莉雅炭，好痛！”

“别咒人家——安娜塔西亚小姐，我一直不是很了解你们，所以不能贸然评论。但是，不管对手多么厉害，我都会坚持自己的做法，跟我的骑士们一起努力。”

爱蜜莉雅提到“我的骑士”时，拉住昴的袖子，挺起了胸膛。昴望着她的侧脸，心潮澎湃，鼻孔直冒粗气。

“也许我比较笨伯，但我不会输。”

“这年头已经没人说笨伯了。”

“……我有时候真的很怕你们。看不出你们有几分认真，有几分不认真。”

“我就不说了，爱蜜莉雅炭总的来说很认真，很严肃。这方面正是可爱之处吧？”

昴挤了一下眼睛，让由里乌斯苦笑不已，偏离正轨的话题也算告一段落。安娜塔西亚拍拍手，转而进入正题：

“好了，好了。那就回到刚才的话题吧。刚才说到人手不足就从外面叫，对吧？”

“没错，是这样。现在就能让大规模的调查队进入塔内了吧。不光要找通往上层的路，如果还能在书库有所发现……”

“嗯，我可以理解你的心情——理解是可以理解，但我有一点害怕啊。”

“害怕吗？”

安娜塔西亚打断了由里乌斯热情的演讲，缓缓摇了摇头。眼见由里乌斯皱起了眉头，安娜塔西亚便对自己的骑士竖起手指：

“听好了，我希望增加人手。光是环顾书库都很费力，尤其是我这种个子不高的人，光是看书架，脖子就会痛。”

安娜塔西亚敲了敲自己的脖子，继续说道：

“可是啊，做生意的基础是换位思考。不只是做生意，这是在任何场合都能派上用场的人生基础。那么，你遵照这个原则想想看吧。”

“想想看，换位思考吗？可是，该从谁的角度思考呢？”

“建造这个塔、准备了测验、把夏乌拉留下的人——是他。你站在他的角度思考一下。这样一来就能看清楚了吧？”

"你想说他性格扭曲吗？"

"我觉得那是相当扭曲。"

说着，昴撇起了嘴，安娜塔西亚也点头以示同意。

二人的评价让认真的爱蜜莉雅和由里乌斯面露难色。不过，硬要归类的话，昴和安娜塔西亚属于性格恶劣的一方，二人自然不谋而合。

假设安娜塔西亚的推论正确，性格恶劣的人提高了塔的攻略难度。

"夏乌拉！我想问你一点事。过来一下。"

"师匠？好，好，这就过去！"

夏乌拉正在楼梯边跟梅莉打发时间，她听到昴的招呼，飞奔了过来，来了个滑跪，在昴面前坐好。

"什么事，什么事？师匠想让人家干什么啊？"

"你这眼睛闪闪发光，搞得我有罪恶感啊……通往第二层的楼梯在哪，你——"

"不知道！人家没去过第四层往上的楼层！"

"整整四百年都没去过吗？这非常让人吃惊啊……"

如果夏乌拉的话属实，那她应该在监视塔里生活了四百年左右。

如果说在这四百年里，她一直专心地监视沙丘，那就不得不说这份忠心让人敬仰。说实话，被她当成师匠，昴感觉这担子太重了。

"夏乌拉小姐，我可以问一点事吗？"

这时，安娜塔西亚介入了讨论。

"夏乌拉小姐是那啥吧，相当于这大图书馆普勒阿得斯的守卫吧？"

"Exactly."

“原来如此。那我猜……有四个。嗯，是五个吗？”

“嗯？”

“为了保护这座塔，师匠给夏乌拉小姐下达的秘密规定。是五个吧？”

“唔？”

安娜塔西亚露出恬静的笑容，如此说道，夏乌拉听过之后大惊失色。

夏乌拉目瞪口呆，肩膀抖了一下，她的反应胜过语言，看来安娜塔西亚一语中的。

然而，昴等人不明白安娜塔西亚指出的问题意味着什么。

“规定？而且还要保密，什么情况？”

“不，不是的，师匠！说到底，人家可不是有意隐瞒，只是没人问，所以人家就没说。这个问题得白纸黑字写清楚！”

“行了，都说出来吧。”

安娜塔西亚看穿了夏乌拉的秘密，让夏乌拉惊惶失措，昴直接否定了她的辩解。

眼见昴态度强硬，夏乌拉十指相扣：

“打个比方，师匠，你们要是背着人家偷偷离开塔，人家会毫不留情地把你们都杀掉。”

“这也太突然了吧！”

“人家也不想这样啊！只是打个比方！说到底，这是人家无法违抗的问题。”

夏乌拉冷不丁说出充满敌意的一席话，让昴瞪大了眼睛，夏乌拉见状蜷起纤长的身子，轻轻摇了摇头，她一屁股坐在地上抱住腿，将丰满的胸部抵在膝盖上：

“人家怎么可能下手杀师匠嘛。最后人家会被杀掉，超级难受的……”

“既然这么不情愿，不干不就得了……该不会有契约啥的吧？”

昴心生不祥的预感，对夏乌拉说出了这个词。

说白了，只要认真分析夏乌拉的身份就能想到。

四百年来以守卫的身份代替“贤者”监视着封印魔女的祠堂——如此漫长的职责已经坚持了几百年。无论是寿命，还是生存方式，都不像一个人类。

“你该不会跟贝亚子一样，也是精灵吧？”

为了一个无法兑现的约定，碧翠丝四百年来一直被束缚在禁书库。

也许夏乌拉跟她一样，也在四百年里一边解决接近塔的人，一边等待能跨越障碍的人抵达。

或者说她也跟碧翠丝一样——

“怎么可能嘛。别把人家跟精灵那种轻浮的家伙相提并论，人家坚决反对……怎么大家的眼神突然这么可怕了！”

“因为在场这些人，有八成跟精灵有关系！”

算上某个菜鸟，这里有三个精灵术师，而且还有一个本身就是精灵的小女孩，以及一个被暂定精灵占据身体的人。与精灵无关的人也就只有在下层等待的鬼族姐妹，以及开心地望着夏乌拉蜷成一团的梅莉。

“那你到底是什么人啊？既然不是精灵，那就没必要拼命遵守契约吧。”

“说什么呢，昴。就算不是精灵也不是精灵师，也必须遵守约定啊。约定很重要。来，复述一遍。”

“没，刚才是我错了，我只是比喻……”

“约定很重要。来三遍，开始。”

“约定很重要约定很重要约定很重要。”

昴没想到爱蜜莉雅居然会为这种事斥责他，他复述三遍才得到原谅。

先不论昴和爱蜜莉雅无厘头的对话，夏乌拉固执的态度让人无从着手。很难想象她单纯只是重情义。

“嗨，被爱蜜莉雅炭骂了。都怪你！可恶，痛快点，都招了吧！”

“哇哦，纯属找碴儿。不过，这才是人家的师匠！人家说！”

昴怒不可遏，咄咄逼人，夏乌拉保持正坐，举起手来：

“那就让人家这不肖徒弟简单说明一下收到的指令吧。首先是绝不能放大图书馆普勒阿得斯的挑战者出去。”

“一上来就把路堵死了。”

“放心吧！有密道的！只不过，必须解完大图书馆的测验，只要抵达第一层‘迈亚’就没问题了。全部OK。”

夏乌拉竖起拇指，比出没问题的手势。

“顺便说一下，要是违反了这个，人家就会变成无情的杀戮机器，到时候跟师匠定下的约定就失效了。人家会出手的。”

“你更在乎那边，而不是跟我定下的约定。我好伤心啊。”

“哦，人家居然成功伤到了师匠，人家也长本事了啊！这肯定是进化！四百年的集大成！”

“我是讽刺！”

“人家也是！”

一番针锋相对的争执过后，夏乌拉竖起第二根手指，有节奏地晃了晃，继续说道：

“然后，人家已经受够了，所以人家就都说了。第一，禁止在测验结束前离开；第二，禁止违反测验的规定；第三，禁止对书库不敬；第四，禁止破坏塔本身；第五……啊，第五……啊，没有了。”

"总共有四个规定来着。"

爱蜜莉雅听完夏乌拉不耐烦的解释，蹙起眉头转身面向昴。昴也点了点头，肯定了她的不安和担忧。

大前提是不违反夏乌拉提到的规定——

"禁止违反测验的规定，我很在意这条。"

"这表示背后还隐藏着我们不知道的规定吧。"

昴摸着下巴，由里乌斯也同意他的看法。

至少在参加第三层"塔吉忒"的测验——解开利用独石板设计的星群谜题时，昴等人没有听说这样的规定。

如果硬要说，规定就是，碰到错误的独石板就会立刻失去资格——

"墓地的'试炼'一旦失败，就只能等到第二天才能再次挑战。这跟刚才那测验的重来有点像，搞不好是……"

眼见爱蜜莉雅迟疑了，昴便朝她点了一下头。

"想到什么就说出来吧。不管说什么都不会笑话你的。"

"嗯，好吧。其实，昴和安娜塔西亚小姐也说过，建造这个塔的人非常坏心眼……对吧？"

"用词可爱多了啊，没错。然后呢？"

"换位思考很重要。也就是说，先变得非常坏心眼，再思考夏乌拉刚才说的话，然后我想到了一种可能性。"

集所有人视线于一身的爱蜜莉雅舔了一下嘴唇。随后，她将双手叠在一起，指尖对准了屋顶：

"不知道必须遵守的规则是什么。——这样非常坏心眼吧？"

"然后呢？"

"也许是让我们一边猜规定的内容，一边小心前进，以防违背规定。艾姬多娜也很可能干出这种事吧？"

“说起性格恶劣的人，爱蜜莉雅炭也第一个想到那家伙了啊。我们想到一起去了。”

爱蜜莉雅补充了一个例子，至少对昴而言，可信度更高了。

爱蜜莉雅不习惯想象性格恶劣的人，这在昴看来相当准确。比如设下不能违反的规定，不向挑战者透露内容。

“兴趣和性格都好恶劣啊……顺便问一下，是由你来判定吗？”

“人家刚才说的那几个条件，你们不管违反哪一条，人家应该都能知道。所以，你们没法蒙混过去——不管是人家，还是你们，都绝对无法蒙混过去。”

说到后半段时，夏乌拉的态度格外沉着，果断的话语铿锵有力。

这力量不是夏乌拉的力量。恰恰相反——

这股力量足以让夏乌拉，让夏乌拉这种拥有强大力量的人说得如此果断。

“原本就够危险了，这下只是险上加险啊。也不是第一次了。”

“你能说得如此坦然，也挺让人羡慕。”

昴耷拉着肩膀嘀咕道，由里乌斯扬起嘴角，耸了耸肩。

“果然是每次不得不面对等级更高的对手，才培养出了这种精神吗？如果真是这样，那我就很难弥补这差距了。”

“你得多担心脚下。你的脚趾头就快撞上桌脚了。赶紧撞上吧。”

“好了，好了，你们要友好地吵架倒是没关系，不过你们不会忘了正题吧？”

安娜塔西亚介入昴和由里乌斯之间，低头望着坐在地上的夏乌拉。

“真的没了吗？干别的事就没问题吗？”

“人家发誓。刚才没有说谎。而且，只要没违反规定，人家的身体就属于人家。错了，是属于师匠。”

“我才不要呢。”

“被退回来了！不过，人家的心永远在师匠身边！”

“这个我也不要。”

安娜塔西亚叉着腰再次确认，夏乌拉在给出无用情报的同时表明了自己的立场。尽管处处都有不必要的修饰，不过她应该会遵守在楼下跟昴许下的承诺——不加害昴等人。

当然了，仅限于昴等人没有违反规定。

“话说回来，测验没结束就不能离开……感觉越来越像墓地的试炼了。”

“没事，既然这家伙会跟我们作对，实在不行击败她就能回去了吧？这比墓地轻松。”

“师匠才不会这么干！师匠的心比谁都宽厚善良！完了，人家说了谎，身体痒起来了！”

爱蜜莉雅和昴叹息着，自作自受的夏乌拉当着他们的面手忙脚乱起来。

只不过，她基本实话实说了。当前能从夏乌拉口中打听到的消息应该就这么多，打探消息算是暂且告一段落了。

“好，上吧，梅莉！你可得好好握住夏乌拉的缰绳。”

“交给我吧……喂，感觉这说法很让人在意啊？”

梅莉被选为一行人中的夏乌拉专员，昴的指令让她鼓起了脸。她尽管嘴上反对，还是老老实实地爬到了夏乌拉背上。

虽说是昴让她这么做的，不过——

“感觉这位置已经彻底定下来了。为什么你这么黏她啊？”

“大概是气味相投？不知为何，我感觉只要待在光溜溜大姐姐身边就特别安心。”

梅莉说着，把身体重重压在夏乌拉的肩头。昴要是被她压一下，估计会伤到脖子，不过夏乌拉一身怪力，她能扛起龙车，应该没感觉。

夏乌拉顶着梅莉，毫不费力地站了起来：

“人家倒是也没什么意见。照顾小不点二号还是没问题的。”

“二号？”

“二号是这个小不点，一号是那个小不点。”

夏乌拉用肩膀扛着梅莉，指着碧翠丝称她为小不点一号。

顺着夏乌拉手指的方向望去，只见碧翠丝正独自一人在书架间走来走去。她看起来很投入，不知她听没听见夏乌拉这番失礼的话。

“她这么说，贝亚子都不反驳，太稀奇了。”

昴不禁感叹，走向若有所思的碧翠丝。昴在停下脚步的少女身边站定，从侧面注视着她的脸。

“贝亚子，大家正在商量事呢，你也过来啊。”

“……”

“贝亚子？喂，碧翠丝，快醒醒。我要亲你额头咯。”

“随你便吧。”

“我亲。”

“哇——呀?!”

昴心里冒起一股无名火，他真的亲了翠碧丝的额头，碧翠丝立刻回过神来，按住被亲的额头向后跳了一大步，还摔了一跤。她站起来后，又摔了一跤。

“喂喂，这也太慌乱了吧。”

“这，这，这，这么突然，干什么啊！一点征兆都没有呀！”

“有征兆，你还同意了。你真没事吧？”

碧翠丝拼命揉额头的样子让昴多少有些心疼，但昴也很担心她的身体。

仔细想想，这座塔位于玄妙的沙丘正中央，应该弥漫着昴不太理解的瘴气，也许这就是原因所在。

“要是不舒服就牵着我的手。这样就能冷静了吧。”

“在这种情况下怎么可能冷静得下来！给贝蒂一点时间冷静呀！”

碧翠丝红着脸大喊大叫。虽说牵手的要求被拒让昴有点受打击，不过这才是她平时的态度。在意的问题，就再找机会问好了。

“好了，这样一来，剩下的问题就是……”

“到头来，只能到处乱找通往第二层的阶梯啊。”

昴重新面向书架说道，由里乌斯接过他的话头。

由里乌斯的表情之所以有一点消沉，八成是由于向王国报告以增加人手的方案因夏乌拉奉命执行的规定而胎死腹中了。

无法完成测验，夏乌拉就不允许众人离开塔。所以，一行人的选择就只剩靠现有成员继续探索塔。

“就好比找出掉在沙丘中的一粒金子，这样说能理解吗？”

“难得见你表现得这么有诗意，不过我可以坦率地同意。”

面对眼下的难题，昴和由里乌斯坦率地达成了一致意见，这实属罕见。

二人想先忘记“塔吉忒”的书库，再次搜寻通往第二层的阶梯——二人正这样想着。

“我也想到一些事来着。”

二人正准备重新鼓足劲挑战书库，爱蜜莉雅轻轻举起了手。

她歪着头，食指贴着嘴唇，对转过身来的二人说道：

“听你们说建造塔的人性格很扭曲，我就一直在想。”

“用词可爱多了啊，没错。然后呢？”

先前的一幕仿佛重新上演，爱蜜莉雅最后才补充道：

“就是说，阶梯的位置，搞不好在——”

3

“建造这个塔的人，性格果然恶心死了！”

面对又高又长的阶梯——通向第二层“厄勒克特拉”的阶梯，昴大声怒吼，宣泄难以压抑的愤怒。

爱蜜莉雅通过想象监视塔设计者的性格，找出了通往第二层的阶梯。

揭露出的隐藏地点就在——

“我、我想着既然不在第三层的房间，那就在其他地方……或许在之前没仔细找过的第四层或者第五层的某个地方。”

爱蜜莉雅神情复杂，心里五味杂陈，不知猜中了是开心还是不开心。

她一语中的，通往第二层的阶梯位于第四层，出现在拉姆和雷姆所在的“绿房间”隔壁——在那空荡荡的房间之中。

The only ability I got in a different world "Returns by Death"
I die again and again to save her.

第四章 舞棒人

Re:从零开始的异世界生活

Re: Life in a different world from zero

1

通往第二层“厄勒克特拉”的阶梯无比威武，应该称其为大阶梯。

即便和第六层到第五层，再到第四层的阶梯比起来，无论是宽度还是每一级阶梯的高度，大阶梯都大了一个规格。而且原先的房间换成了阶梯房间，惊人程度不言而喻。

“大阶梯一开始就在这里？——不会吧？”

“这么显眼的阶梯，总不可能看漏吧——但是，如果只在这个房间里，还真可能看漏。”

“是指探索时的违和感，对吧？我也有一点感觉。”

安娜塔西亚和由里乌斯这对主仆赞同了昴的疑问。眼见二人恍然大悟，昴疑惑地偏过头，不过爱蜜莉雅举起手说道：

“我来解释。那是昴昏睡时的事，我们在这第四层集合过。毕竟雷姆和小帕特拉修就在‘绿房间’休息，我们还挑战了第三层的谜题。所以，大家转了一圈，想找个房间放行李……”

“不知为何，当时大家都避开了这个房间。现在回想起来……”

“是靠某种干扰认知的方法把人支开了吧？”

由爱蜜莉雅等人组成的第四层先遣队的成员纷纷点头，同意了这个推测。

大家的认知遭到干扰，在通过第三层后才恍然大悟。这样想的话，大阶梯的存在就很自然了。

“不然第三层的石板谜题解开时，不小心进入房间的某人也可能被出现的阶梯压死……”

“昴，不是石板，是独石板。我想避免出现混乱，统一一下称呼吧。”

“独石板独石板独石板！满意了吗？继续说正事吧。”

昴有些不耐烦地糊弄道，随后再次望向大阶梯。

第四层的大阶梯应该会跳过第三层，直接通往第二层。从构造上看，如果沿着阶梯径直往上爬，甚至有可能直接走到塔外，不过——

“有神奇的力量帮忙吗……”

“或者说，乍一看这是通往第二层的阶梯，可是，实则会通向另一个地方……要真是这样，那他的心眼未免太坏了吧！”

“只要待在这塔里，爱蜜莉雅炭纯洁的心灵就会被玷污，心眼可能会变得越来越坏。赶紧攻略掉这座塔吧。”

爱蜜莉雅接连解开塔内的恶意机关，确实很可靠，但昴希望她身心健康，生怕她的性格变得扭曲，这令他烦恼不已。

“只不过进度还不错。第三层的测验也是，我尝试一次就通过了，三天就攻略了塔的三分之一。”

“想想四百年都没有进展，这已经非常快了呀。”

“这么说的话，那确实挺厉害的……哎呀，不过啊，毕竟我能推进几百年停滞不前的历史。‘推进历史的男子’听着好有分量啊。”

回想起来，昴加入了白鲸讨伐队，击败了魔女教大罪司教“怠惰”，讨伐了大兔。在“强欲魔女”的墓地为突破“试炼”做了贡献，甚至还击败了大罪司教“强欲”，抵达了前人未曾涉足的普勒阿得斯监视塔。随后通过了一场无人挑战过的测验，紧接着要准备挑战第二场测验。

“省略过程，只列功绩，我也太傻了……”

昴这期间死过很多次，所以实在没法骄傲地挺起胸膛，但即便如此，他最近一年还是在这个世界将历史向前推进了不少。

昴倒不是有意推进历史，不过他还是想对这世界说一句：做好心理准备吧。他现在就是这样的心情。

“喂，咦？怎么了，爱蜜莉雅炭？为什么突然握住我的手？”

“没什么。我只是觉得昴最好再稍稍、再多关怀一下自己。”

“你又说笑了。爱蜜莉雅炭和贝亚子对我已经够好了，想要更多就是奢求了。”

雷姆一旦醒来，想必也会加入其中。她虽然很严厉，却不失温柔。

如果再把佩特拉、帕特拉修、加菲尔和奥托加上，昴哪里还有纵容自己的余地？

爱蜜莉雅听了昴的回答，嘴唇嚅动了几下。她欲言又止，微微仰起脸看着昴。

“菜月的这个毛病，我觉得已经是本性问题了，不是一两天就能改过来的。”

“怎么连安娜塔西亚小姐都这么说……”

“好啦，别干站着不动，去上面看看吧。也许跟第三层一样，也得动脑筋……搞不好菜月能轻松解开谜题。”

“如果跟第三层一样复杂，其实我也没把握。”

实话实说，昴能通过第三层的测验，纯属运气好。

如果弗里格尔和昴来自同一个世界，也是被召唤来的漂流者，那么第二层的测验能用上现代知识的可能性并非为零。

“如果涉及我不知道的知识，那我就直接出局了……毕竟是弗里格尔出的题，如果问德国的历史，那我就真没招了。”

顺便说一下，弗里格尔在德语中应该是“翅膀”的意思。虽然不知道两者有没有关系，但如果弗里格尔是德国人，那昴就抓瞎了。

“别想了，再不安也没用。通往下一层的阶梯就在眼前，这时候不上还算什么男子。速战速决，麻利地攻略掉吧。”

“很遗憾，在场所有人里，除了我和你以外都是女人啊。”

“这是精神气的问题，别泼冷水啊！好，上吧，贝亚子！”

“呀啊！”

昴趁着热情还没被冷水浇灭，扛着碧翠丝跳上了阶梯。他一鼓作气，沿着长长的阶梯往上冲。

“哒哒哒哒哒哒！”

“啊，昴，等一下！”

爱蜜莉雅领着同伴们踏上阶梯，跟上猛冲的昴。昴和碧翠丝在前面不停地跑，带着他们前进。

碧翠丝在昴怀中灵巧地摆正姿势，眯起了蓝眼睛。

“果然，肯定是空间被扭曲了呀。沿着直线不停往上爬，却没有冲出塔的迹象。”

“搞不好只是在外面看不出来，塔可能就是这样的结构。”

“只有这个楼梯的部分凸出去了？如果是这样，在外面看会觉得不对劲的，那刻意隐藏阶梯就没意义了。”

“就是说嘛。我也只是随便说说。”

昴赞同了碧翠丝的推论。他呼吸有些急促，抬头望向上方。

昴爬的阶梯竟然没有接近上层的迹象。尽管已经爬很久了，却有一种逆着电扶梯往上爬的徒劳感。

“想不到，爱蜜莉雅炭说的恶意越来越有现实感了……”

这条阶梯其实没有通往上层——昴想到这种可怕的可能性，打了个冷战。这时，他头顶的空间骤然敞开了。

“唔，哦？”“呀！”

看不到尽头的大阶梯突然被白光吞噬，这让昴和碧翠丝大吃一惊。

昴下意识伸腿，却不小心踩空。他身体向前探去，最终还是站稳了，但不知不觉间，阶梯骤然消失，他已经踏入新的楼层。

“又是白色的房间……吗？”

“是呀。”

昴停下脚步，将打横抱在怀里的碧翠丝缓缓放回地面。

出现在眼前的楼层与第三层举办“测验”的空间一样，也是白色。不管是地面还是屋顶，看上去都无边无际，这个房间很诡异，能扰乱人的距离感。

“哇，又是这种房间？”

白色世界中的异物之一便是昴和碧翠丝上来时爬的阶梯。爱蜜莉雅等人紧随其后，也接连从阶梯现身了。

最后抵达的安娜塔西亚左顾右盼，环顾着白色空间说道：

“又是白房间，该不会不小心跑到第三层了吧？”

“应该不至于。第四层上第三层的阶梯有五十四阶，这次有四百四十四阶。这都将近十倍了吧？”

“你……你还数了啊，爱蜜莉雅炭？”

“嘿嘿，其实我最近喜欢上数楼梯了……为什么要摸头啊？”

“总……总之，爱蜜莉雅炭立大功了，不负众望找到了第二层……”

“应该就会开始测验才对。估计那就是开始的地方呀。”

昴没有解答爱蜜莉雅的疑问，而是顺着碧翠丝指的方向望去——只见在阶梯出口正面，有一个显眼的物体。

第三层“塔吉忒”也有这样一个物体坐落在房间中央。一旦碰到，测验就会立刻开始。假设，这里的条件也一样，恐怕那是……

“不是独石板啊，是剑。”

由里乌斯眯起黄眼睛，注视着立在房间中央的“物体”，如此说道。

正如他所说，白房间内的“物体”不是在第三层看见的独石板——

“物体”是剑。

剑身已出鞘，剑尖插进白地板，立在地上。

剑柄向上、垂直插在地上的剑，在昴看来无比美丽。

剑并没有华丽的装饰，昴也看不出材料好坏。

不过，正因为剑没有奢华的装饰，只由钢铁铸成，看上去才很美丽。

“看样子，这把剑像‘选定之剑’啊……”

听见昴的嘀咕，由里乌斯扬起眉毛，拼命按捺激动的心情。

由里乌斯心中五味杂陈，昴没有理他，先望向夏乌拉。只见她充满自信，脸上仿佛写着“问什么我都不知道”，于是昴便什么都没问。

“昴。”

“应该没问题。总不可能突然踩到陷阱一招毙命吧？”

爱蜜莉雅有些担忧，昴朝她点点头，慢慢走近选定之剑。毕竟不知道碰到之后会发生什么事，昴得让同伴们做好十足的准备。

“带安娜塔西亚小姐逃跑时要注意点。阶梯太长了，不小心踩空了肯定会摔死。”

“我会注意的。你才是，要多留意爱蜜莉雅大人和碧翠丝大人。”

“放心吧，我会保护好昴的。”

“嗯，就靠你了。”

爱蜜莉雅竖起手指回应道，气势十足的模样让由里乌斯叹了一口气。昴见状，来到了选定之剑的前方。

昴现在伸手就能碰到剑。从这一刻起，剑显得格外真实，它不像独石板，没有神秘的气息。

“想不到，有一天还能接受如此正统的幻想类考验。”

昴面对选定之剑嘀咕道，轻轻呼吸，然后将手伸向剑柄。

紧接着一道声音响起。

“练就天剑之愚者，征得其准许吧。”

测验的概要越过鼓膜在脑海回荡。

昴早有预料，尽管没有松开手中的剑，不至于出丑，但不可思议的现象依然让他尝到了痛苦的滋味。

脑中响起的声音果然和“自己”的声音很像。

“有种晕车似的感觉……大家也听见刚才那句话了吗……”

昴拔出了剑，他不知道别人有没有听到那声音。碰独石板的时候，除了碰独石板的人，其他人也听见声音了。

昴想着这次也一样，便转过身去，发现所有人都屏住呼吸凝视着前方。

昴循着大家的视线再次转过身。在他的正面，在选定之剑的前方，出现了一个幻影。

“练就天剑之愚者，征得其准许吧。”

这声轻轻的低语，在昴听来格外响亮。

拔剑的瞬间，幻影说出了一模一样的话。然而，幻影的声音并非直接在昴的脑内响起，这是从前方传来的声音。

“练就天剑之愚者，征得其准许吧。”

这话音让昴颤抖。这究竟是恐惧、是感动、是喜悦，还是悲叹？昴无法区分。眼前的生灵与昴截然不同，它的气势凌驾于昴之上，让昴心潮腾涌。

这个距离，光靠声音就能摆布对方的生命。

“练就天剑之愚者，征得其准许吧。”

那是一个红发男子，一头飘逸的长发披在背后。

男子身材高大，比昴高一个头，浑身是结实的肌肉。

他没穿铠甲，倒穿了一件单薄的红色单衣——在远处就能看见，男子的右手没伸进衣袖，半个身子裸露在外，腰上缠着白色的裹布。他火焰般的红发垂到腰间，左眼戴着黑色眼罩，上面有奇异的花纹，而他没戴眼罩的右眼呈天蓝色，宛如遥不可及的苍穹。

如果男子安静悠然地伫立着，想必能让所见之人纷纷回头，那端正的容貌美得让人想将他画成画——然而他野蛮且残酷，象征着凶残的气场粉碎了这种幻想。

那是一头美得令人窒息的凶猛野兽。

那是世上最美的凶兽——眼前的生灵让昴忘记了呼吸。

“噫。”

昴以为时间静止了，一声呻吟率先划破了寂静。

先是一道轻微的响声，紧接着昴便听见少女大叫了一声“呀”。他用余光瞟向坐在地上的黑发少女——只见夏乌拉瘫坐在地，一旁的梅莉目光迷离。

“噫，噫……”

夏乌拉大惊失色，看上去快要失禁了。

如果有可能，在本能的驱使下，夏乌拉应该早就冲出房间。只是她双腿直打战，动弹不得。

昴屏住呼吸，甚至忘了眨眼。他用力闭上眼，冷静了一瞬间。

随后，昴目不转睛地望着男子，向后退了一步。他右手拿着选定之剑，左手握住碧翠丝的手，领着僵住的她往后退。

“爱……爱蜜莉雅……”

“我……知道……”

昴心想不能丢下爱蜜莉雅，才呼唤僵住的爱蜜莉雅。爱蜜莉雅声音直打战，点头回应了昴。昴膝盖止不住发抖，合着她的步子缓缓向后退。

“练就天剑之愚者，征得其准许吧。”

三人拉开了距离。男子依然不为所动，只是重复同样的话。

“练就天剑之愚者，征得其准许吧。”

昴只顾着后退，退到了瘫坐在地的夏乌拉身边。夏乌拉依然怕得绷着脸，梅莉抓住她的手臂，一动不动。

“练就天剑之愚者，征得其准许吧。”

男子不断重复的话，男子不断复述的语句是第二层“厄勒克特拉”的测验的语句。

男子不断重复这句话究竟意义何在？在拔剑瞬间听见的测验内容，重复同样话语的男子、愚者、准许，究竟意义何在？

“练就天剑之愚者，征得其……准……许吧……”

“啊？”

昴脑子转得飞快，心中即将得出恐怖的结论。几乎在同一时间，重复同样话语的男子流利的语调出现了变化——

男子语调一变，威力十足，让昴等人更加惊讶了。

“天剑，愚者……征得，准许……啊，啊哦，哦哦，啊。”

“怎……怎么了？到底什么情况，出什么事了？”

“啊，啊，啊！”

“呀！”“唔……哇！”

男子伫立着，讲话磕磕巴巴，听起来十分诡异，而他下一秒便爆炸了。

火焰猛地喷涌而出，夏乌拉见状尖叫着扑向昴。昴被她狠狠抱住，没做好准备，栽了个跟头。

“好痛！夏乌拉，你……”

“呀！师匠，师匠，师匠救命啊！不要啊！救命啊！”

“吵死了！吵得我头疼！别叫这么大声！”

“唔……”

昴还没来得及安抚，夏乌拉就崩溃了。

真不知道夏乌拉先前那股活蹦乱跳的劲头是哪来的，只见她一下子翻起白眼，抱着昴的腰一动不动，她已经昏过去了。

“不是吧，你……”

“噗噗噗噗……”

夏乌拉还贴心地用浅显易懂的方式表现昏厥，彻底脱离了战线。说实话，她的反应令昴始料未及。

毕竟单论战斗力，她属于顶尖行列——而她竟然怕成这个样子。

“看来你并非等闲之辈。”

“啊？”

一声响亮的脚步声响起，男子烦躁地吼了一声。

优雅的骑士向前迈出脚步，白鞋的鞋跟踏响地面。由里乌斯板着脸，伸手捡起昴栽跟头时从手中滑落的剑。

男子一看由里乌斯，不耐烦地歪起了嘴角。

“你谁啊，混蛋。话说这是什么地方？你在开玩笑吗，混蛋。”

“不，我可没开玩笑。我也很疑惑。因为你突然出现在这里——我不得不戒备，望理解。”

“你谁啊，混蛋。说话别拐弯抹角的，混蛋。咋说起话来跟我的小弟一样，混蛋。混蛋，你是我小弟吗？不是吧。既然不是，就别干这种容易招人误会的事，混蛋。”

由里乌斯不失礼节，眼中流露着戒备，让男子烦躁地咂了一下舌。

男子刚才只重复相同的语句，现在确实更像人类，但昴仍不能与男子顺利沟通。

“好女人，好女人，色女人，小鬼，小鬼，小弟，杂鱼。”

“很遗憾，我不是你的小弟。”

“哈！你这口气越来越像我小弟了，学什么学。”

由里乌斯的反驳让男子第一次开心地露出笑容——仿佛鲨鱼在咧嘴一般。

看见这笑容，总算窥见男子尚有一丝人性。或者应该说，终于确认他拥有智慧，可以沟通。

“喂，混蛋。解释一下啊，这里是什么地方？想让我干什么啊，混蛋？想找事啊？混蛋，赶紧给我好好解释下，混蛋。”

“突然，跑出来……你怎么，这么横啊？”

男子粗鲁地挠着胸口，傲慢的态度让昴挤出声音抗议道。男子望着昴，烦躁地哼了一声：

“啊？你谁啊，混蛋。谁准你睡了，混蛋。当自己老几啊，混蛋。让美女服侍自己睡肉床啊，混蛋。换我来啊，混蛋。”

“不好意思，我要尊重当事人的意愿，驳回你的要求……”

昴硬撑着发抖的膝盖，勉强站了起来。在站起来时，昴忘记夏乌拉还抓着他，结果让夏乌拉倒栽在地上，然而昴没有余力关心她了。

不过——

“啊？搞什么，混蛋。是那意思吗，混蛋？你在开玩笑吗，混蛋？”

“你问我搞什么？怎么一看见别人的脸就这么粗鲁，混蛋。”

“哈！”

男子露出凶狠的笑容，用力咬了一下大牙，发出脆响。

随后，男子无视困惑的昴，睁开一只眼环顾白色房间。男子恍然大悟，点了一下头：

“哦哦，好，好。知道啦，知道啦——那就开始吧。”

“开始……等等！你从刚才开始就在一个人说，太我行我素了吧？”

“少啰嗦，混蛋。我从刚才开始，已经用梦话解释过很多遍了吧，别人说的话得好好听，混蛋。”

“从刚才开始……”

“练就天剑之愚者，征得其准许吧。”

昴跟不上状况，惊愕地睁圆了眼睛。而爱蜜莉雅一字不差，轻声说出了男子重复过很多次的语句。

大家总算缓了过来，除了夏乌拉，爱蜜莉雅、碧翠丝、安娜塔西亚、梅莉都回过神来了。

“哈！那个好女人跟杂鱼不一样啊，还是肉身，今晚就选你陪我了，混蛋……仔细一看，真不得了啊，混蛋！什么情况，这脸也太标致了吧，混蛋！”

“标致……”

“你就是这里的测验官！我们可以这样理解吧？”

男子色眯眯地望着爱蜜莉雅。昴横在男子和爱蜜莉雅之间，伸手指着男子。男子像鲨鱼般龇牙咧嘴笑着，听了昴的提问，他笑得更深，说道：

“不知道。我对别人给的头衔才没兴趣。要是想跟我好好聊，就先让我在这里走上一步再说，混蛋。”

男子毫无防备，悠然地伫立在原地说道。

昴之所以没有一笑而过，是因为他清楚地认识到，男子提出的是配得上测验的高难度条件。

练就天剑之愚者，征得其准许吧。

如果说眼前的男子就是“练就天剑之愚者”，那么他已经给出了征得准许的方法，接下来纯粹看能不能办到。

“我是卢克尼卡王国近卫骑士团成员，名叫由里乌斯·尤克历乌斯。”

战斗——不对，测验开始前，由里乌斯遵守礼仪，报上了名号。

面对准备公平地一决雌雄的对手，这是最起码的敬意。

见状，男子开心地眯起那只蓝色的眼睛，散发出非比寻常的剑气，说道：

“我没名号可报——我就是一个普通的‘舞棒人’。”

大图书馆普勒阿得斯第二层“厄勒克特拉”的测验。

时间“无限制条件”。挑战次数“无限制条件”。挑战者“无限制条件”。

测验就此开始。

2

普勒阿得斯监视塔第二层“厄勒克特拉”的测验开始。

考场是监视塔第二层的纯白领域。

测验官是悠然站在房间深处，像鲨鱼般龇牙咧嘴笑着的红发男子。

男子自称“舞棒人”，全身散发着非比寻常的剑气。

男子现身时发生的事也不一般。按理说，夏乌拉好歹是监视塔的管理者，结果一看见他就昏过去了，这说明男子不是等闲之辈。

所以——

“看招！”

由里乌斯探着身子大喝一声，同时迈出了脚步。

紫发骑士手持插在第二层地上的选定之剑，轻轻将剑抛向男子。剑纵向回转，画出一道抛物线，不偏不倚地插在男子脚边。

男子只要伸手就能轻松拔出来，这好像就是由里乌斯的目的所在。

“什么意思，混蛋？居然把剑扔给我，找死吗？”

“很遗憾，斩杀手无寸铁之人实在不上台面，身为骑士理应为此感到羞愧。”

“哈！笑死人了！我可不是空手，看好了，混蛋。”

男子露出牙齿，对由里乌斯露出凶恶的笑容。他漫不经心地抬起脚，粗暴地踢开了剑。选定之剑发出闷响飞向别处。

“可别为自己说过的话后悔！”

由里乌斯想堂堂正正战斗，男子却不领情。见状，由里乌斯板起脸，拔出骑士剑。

细刃剑画出一道直线，化为铁锤，准备制裁玷污公平决斗的无礼之辈。

这记雷光般的突刺——

“别叫得这么可爱啊，废物。瞧你长得眉清目秀，要是把你虐哭，害得我兴奋了怎么办啊？”

“什么……”

刺向男子胸口的突刺伴随着一道雷鸣般的响声停了下来。

由里乌斯自然没有手下留情。若力所能及，他无时无刻不全力以赴。所以，让剑停下的不是他，而是像鲨鱼般龇牙咧嘴笑着的对手。

“怎么可能。”

“要相信眼睛看见的景象。先从这一步开始，这一步。”

“舞棒人”露出凶狠的笑容，右手挠了挠自己的胸口。不过，他的左手精准地夹住了由里乌斯的突刺。

而且用的还是——

“树枝？”

“才不是呢，是筷子啊，筷子。吃东西得用筷子吧？所以我总是随身携带。”

涂成黑色的细长木棒毫无疑问是筷子。昴在普利斯提拉就了解到这个世界也有筷子，但还是头一次见有人用筷子用得如此娴熟——

不对，不管手法再怎么娴熟，用筷子接住顶级剑技也不是人类能办到的。

“别逗，混蛋。只要以最好的角度、最好的速度、最好的感觉挥出最好的一下——哪怕是筷子，也能斩断任何东西。”

“唔……”

“舞棒人”懒洋洋地解释了惊人的现象。这一幕令所有人哑然，但当事人由里乌斯不能这样。

他手臂发力，试图抽回被筷子尖夹住的骑士剑。然而，骑士剑纹丝不动。

“别这么用力，别这么用力……笑一个嘛，混蛋。你笑起来更漂亮。只不过男子笑不笑没意义。”

夹剑的力道突然减弱，由里乌斯愣了一下，松懈下来。男子抓住破绽，转动身体，一脚踹在由里乌斯纤细的腰上，把他踹飞了。

“由里乌斯！”

昴不知是谁发出了凄厉的吼声。由里乌斯的身体像树叶一样轻飘飘地飞走了。男子面向被狠狠踹飞的由里乌斯大喝一声：

“哈！”

高个头的“舞棒人”一跃而起，以子弹般的速度追上由里乌斯。他靠超常的身体能力跃到由里乌斯头顶，挥动两根筷子掀起风暴。

千钧一发之际，由里乌斯下意识用骑士剑抵挡筷子的攻击。然而，男子的筷子就像嘲笑这一招似的绕开骑士剑，在由里乌斯身上捅了一下、两下、三下、四下——

“吉瓦尔多！”

刹那间，炽热的光线直逼半空中的二人。

那道白光一下子切开了世界。换言之，那是能将光芒中的万物焚烧殆尽、烧成灰烬、一刀两断的热浪之刃。

这招的缺陷在于招式为一条直线，敌人容易躲开——然而，炽热的射线直逼光速，径直射向猎物，誓要粉碎目标。

面对她施放的强光，强如“舞棒人”也——

“我的剑连光都能劈开，混蛋。”

大吼还没传入耳中，挥出的筷子就正面劈开了射线。

超乎想象的景象令所有人目瞪口呆。只有男子理所当然地笑着，像是在嗤笑——不，他正嗤笑着殴打由里乌斯。

“吉瓦尔多！”

见状，她眼睛充血，继续咏唱。

只见安娜塔西亚娇柔可人的脸庞神情严肃，正张开双臂咏唱射线魔法。她张开五指，两手并用，十指指尖一齐射出射线，十道致命的光线一齐射向“舞棒人”。

“舞棒人”以惊人的方法化解了攻击。

“哈！”

“舞棒人”再次用筷子横扫射来的光线，紧接着朝地面蹬了一脚，一跃腾空，急速俯冲——“舞棒人”用筷子拖着由里乌斯，把他砸在地上，又用筷子尖抵住他的心窝，将他摁在地上拖着跑。

“哈哈哈哈哈！瞄准点，混蛋。苍蝇都停下来了，混蛋。你这样可救不回美男子，混蛋。哈哈哈哈哈！”

“吉瓦尔多！吉瓦尔多！吉瓦尔多！”

男子大笑着狂奔，安娜塔西亚一刻不停地发射光线。然而，魔法的威力再大，射不中就毫无意义了。

这一幕凸显出男子和安娜塔西亚的实力差距——不对，是艾姬多娜的经验不足。她想拯救危难中的由里乌斯，却心有余而力不足，根本击不中“舞棒人”。

时限终将到来——

“啊，唔。”

“啊？”

这场追逐突然告终，开心地躲避射线的“舞棒人”扬起了眉毛。顺着他的视线望去，只见安娜塔西亚当场倒地，还流着鼻血。昴这才回想起来——围巾多娜曾经说过，撒手锏会消耗身体。

“安娜塔西亚大人！”

眼见主人倒下，一味防守的骑士奋起了。

由里乌斯刚被拖了几圈，又挨了筷子的毒打，他扭动身体，脱掉近卫骑士的斗篷挣扎了一下，总算借机摆脱了敌人的连击。

紧接着，由里乌斯躺在地上，蹬腿踢向对手的头颅。男子歪过头躲开这一击，不过由里乌斯铆足力气的一击令他向后跳了一大截。

“混蛋，你刚才这样子还挺合我胃口嘛。我都看入迷了，混蛋。”

“满口胡言！给我滚开！”

由里乌斯深知男子和自己的实力是一个天上，一个地下，但还是声嘶力竭地向男子呐喊。尽管承受了猛烈的连击，由里乌斯紧握在手中的骑士剑依然发出咆哮，像蛇一样咬向对手。

由里乌斯满腔愤慨，心中怀揣着使命感，使出流畅优美的剑击，这可能是他身为骑士习得的最高级别剑技。

他为习得这一招，究竟耗费了多少岁月，进行了多么艰苦的修炼，呕心沥血地练了多少天？旁人根本无从想象他的付出。

然而——

“这是搞什么。别逗，混蛋。认真点啊，混蛋。你到底认没认真啊，混蛋。如果认真打才这点本事……那就太让人失望了，混蛋。”

突刺被挡下，斩击被弹开，连击被打掉，必杀被化解。

由里乌斯长年累月修炼的剑技，身为骑士习得的一切，都被自称“舞棒人”的男子百无聊赖的叹息吹散，都被挥舞得美而凶恶的两根筷子击溃——

由里乌斯的“半生”，被区区两根木棍践踏了。

“不该是这样吧，混蛋。你怎么一个人战斗啊，混蛋。这不是你的招数吧——所以才会这么无聊啊，混蛋。”

“我……”

“你要是想去找那女人，那我就让你去好了。扑在她那柔软的大腿上，哭着撒娇吧。你这不成器的丑剑士。”

那一刻，复杂的神情在由里乌斯的脸庞一闪而过，不知是愤怒、是痛苦、是哀叹，还是绝望。

不管是哪一种，别人都无法窥见他的内心世界。

由里乌斯的剑一闪而过，细刃骑士剑划出一道迄今为止勾勒过上万遍的银光。

然而，任何一个旁观者都能看出，这一击分明带着迷茫。

在下一个瞬间，舞动的筷子轻而易举地将钢铁骑士剑拦腰折断——伴随着一道轻响，由里乌斯的骑士剑断作两截。

由里乌斯金黄的眼眸茫然地注视着骑士剑一折两半，剑尖飞向远方。

想必在这一刻，对由里乌斯而言，断掉的不只是剑。

“受死吧。”

“舞棒人”恶狠狠地说道，恐怖的拳头重重打在由里乌斯的侧脸。

这一拳没有任何技巧，只是世上最原始的暴力。这一击源于人类还不会使用工具的时代，是用于肉搏的原始武器。

毫不留情的一击让由里乌斯端正的眉眼鼻挤在一起。巨大的威力瞬间便收割了他的意识，由里乌斯的身体像断了线的人偶一样借惯性飞远，在地面翻滚并迅猛滑行——最终倒在安娜塔西亚身边。

主仆二人失去意识，倒在了一起，就像受了野兽般的男子粗鲁的关怀似的。

“好了，下一个是……”

男子像结束热身似的扭响脖子，转身面向众人。

其实，男子的行为的确像热身。由里乌斯走上战场，被他一味地蹂躏，安娜塔西亚在一旁支援，最后二人双双倒地，这一切只发生在短短几十秒之间。这期间，昴甚至找不到机会介入，只能呆站在原地。

除昴之外，一旁的爱蜜莉雅等人也一样——

“寒冰烙印艺术，冰柱界线。”

不，爱蜜莉雅等人与昴不同。

光芒就像为了证明这一点一样，在白色的空间中飞舞。

3

蓝白色闪光漫天飞舞，勉强能用肉眼捕捉到冰之粒子，这是爱蜜莉雅用绝对魔力创造出的冰雪结界“冰柱界线”。

“我可以提一个问题吗？”

爱蜜莉雅通过自己的魔力，在限定范围内展开玛娜，质问在结界中心隔着眼罩挠左眼的男子。

“啊？说来听听吧，超正点妞。”

“我叫爱蜜莉雅，就叫爱蜜莉雅——不是说只要能让你走上一步就行了吗？可你已经跑了好几步啊。”

爱蜜莉雅报上名字，提出了理所当然的疑问。

在战斗开始前，“舞棒人”确实笑着说过“先让我走上一步再说”。如果依照这个条件判定，那他明显已经违规了。

在和由里乌斯战斗时，男子与由里乌斯在屋内的每一个角落周旋较量过。

然而，面对指责，男子耸了耸肩，说道：

“喂喂，别当真啊，我就是随口一说，混蛋。人偶尔会说些没什么意义却很帅的话吧？跟这一样，混蛋。你懂的吧。不懂吗？毕竟是女人啊。毕竟是超正点妞啊。今晚陪我吧，混蛋。”

“抱歉，我不太明白你在说什么。而且我就算跟你打，肯定也赢不了。”

“爱……爱蜜莉雅？”

爱蜜莉雅使出全力，用魔力布下了结界，尽管她做好了战斗准备，但依然坦言没有胜算。她的话令“舞棒人”目瞪口呆，昴也僵住了，从喉咙挤出疑问。

“对不起。”听见昴叫自己的名字，爱蜜莉雅先向他道歉，然后对“舞棒人”说道：

“你非常强，只要看过就明白了。但是，我们无论如何都得通过测验。所以，请告诉我们如何取胜。只要能让你动一步就算我们赢，就用这个规则比吧……不可以吗？”

爱蜜莉雅向沉默的男子提出建议，内容让昴哑然。这要求实在是过于霸道，简直是无稽之谈。

面对如此不要脸的要求，“舞棒人”沉默了片刻——

“哈！”

男子笑了笑，就像咬了咬牙，而后睁大蓝眼睛，望着爱蜜莉雅。

“很好，我不讨厌你这样的人，混蛋。面对我竟敢说这么多，上一个像你一样的大笨蛋还是特丽莎，混蛋。我看上你了。”

“那么，测验合格了吗？”

“我还不至于这么大方，混蛋！不过，好啊。毕竟我就喜欢在好女人面前要帅——就照你说的办吧。”

“合格……”

“只要能让我动一步就算你们赢！”

面对死缠烂打的爱蜜莉雅，“舞棒人”大喊道，脸上隐约透着豁达。见状，爱蜜莉雅点了一下头，望向昴，说道：

“安娜塔西亚小姐和由里乌斯就交给你了。给他们治疗一下吧。”

“等……等一下！你刚才看见了吧？不制定好策略，就算上了……”

“放心吧。对方好像没动杀心……我也会尽全力试试的。”

爱蜜莉雅干劲十足，不顾昴的制止，向前迈出一步。她向“舞棒人”伸出双手，侧脸依旧神情凛然。

她的魔法只要保持距离，就可以在远距离单方面狙击。

“长得这么正点，性格还挺坚强的嘛，混蛋。”

“竭尽全力干好能干的事，这是我的骑士教我的做法！”

男子抱着粗壮的胳膊，尽管处于绝对不利的立场，依然露出了凶猛的笑容。

爱蜜莉雅瞄准男子的笑脸，随着一声呐喊——在蓝白色光芒漫天飞舞的领域内，大气开裂的声音连续不断，冰之武器接连形成。

有剑，有枪，有斧，有矛，有箭，武器的种类数不胜数。

寒冰烙印艺术，加上冰柱界线——爱蜜莉雅使用庞大的魔力，在限定的绝对破坏空间即将发动昴想出的绝招。

“嘿呀！”

虽然喊声让人扫兴，但随之而来的景象毫不含糊。

在爱蜜莉雅的话音响起的同时，尖端对准男子的冰之武器从四面八方一齐射向“舞棒人”。

面对猛攻，男子用手中的筷子飞快攻击，一招一式无影无形，发挥出排山倒海般的威力。

“爱蜜莉雅！”

刚才昴听从爱蜜莉雅的嘱咐，跑到由里乌斯和安娜塔西亚身边。

就像艾姬多娜担心的一样，安娜塔西亚是因为精疲力竭才昏倒的。她的鼻血已经止住了，看不见明显的外伤。由里乌斯饱受蹂躏，身上也没有致命伤。

只不过，被筷子打中一百次还好，如果换成剑，由里乌斯已经被杀死一百次了。

“他俩都没事呀。不过……”

“我知道。”

碧翠丝在一旁协同检查二人的伤势，昴打断了她。

看来二人平安无事。可是，爱蜜莉雅正在和伤了二人的野兽正面冲突——

“哈！”

男子将飞散的碎冰吞进嘴里嚼碎，开心地挥舞筷子。他挥一下筷子，就将一齐袭来的冰剑和冰斧一分为二。

被毁的冰之武器瞬间化为淡淡的光芒，美丽的野人撒起野来粗暴且毫无章法，光芒在他四周消散，愈发梦幻的景象接连上演。

但是，即便如此——

“一动不动。”

“既然要帅了，那就让我一帅到底吧，你这样太不解风情了吧，混蛋。不能在鬼门关当男子，还能在哪当呢？混蛋。”

“舞棒人”嘲笑了昴，哼着小曲迎击魔法。他的双脚不同于疯狂撒野的上半身，像山一样稳稳地定住不动。

这样下去根本没完没了。不光是昴这样想，爱蜜莉雅也这样认为。

“唔，呀！”

为了打破胶着的状态，爱蜜莉雅果敢地向前冲去。她柔韧的身体一跃而起，高举双手创造出又大又长的冰之斩斧。

爱蜜莉雅豪放地纵向回旋，从正上方朝男子劈去。

“哈哈！”

面对斩斧的攻击，男子径直伸出筷子。他凭借筷子将斧刃轻轻扳到一边，斩斧掠过男子身边插在地上。

巨大的冲击掀起一股狂风，斩斧被撞得粉碎，碎片飞向四面八方。但是，爱蜜莉雅立刻松开斧头，一把抓住从后方飞来的矛，当场发起连击。

“嘿！呀！嗬啊！唔啊！唔啊唔啊！唔呀！”

矛的一击，双剑的一闪，长剑的斩击，刀的拔刀斩，鞭子的音速，斧头的砸击，爱蜜莉雅使出所有攻击，却都被男子轻松防下。

当然了，绝不是因为爱蜜莉雅技术不到家。

爱蜜莉雅的寒冰烙印艺术融合了庞大魔力和格斗技术，这个办法是昴想出来的，也许这样说不太合适，不过他敢断言这是充分发挥她能力的战斗技能。

如今这招对男子不管用，昴恨不得现在上去支援——

“昴。”

碧翠丝用力握紧昴的手，她的心情应该也一样。

二人的战斗容不得他人介入。爱蜜莉雅流畅地切换武器，发挥出自身的长处，依靠魔法和武技不停地实施地毯式轰炸。

尽管处于轰炸的中心，男子却站定不动抵挡着攻击，自称是普通“舞棒人”的怪物太不同寻常了。

如果贸然介入，昴很可能只会让爱蜜莉雅分心。即使再懊恼也没用，难道在爱蜜莉雅精疲力竭之前无法改变状况吗？

这时，束手无策的状况突然出现了意想不到的变化。

“哼！嘿！嘿呀！”

爱蜜莉雅挥舞双剑，从左右两侧砍向男子的脖子。男子低头躲了过去，爱蜜莉雅乘胜追击，刺向挺起身子的男子。

“哇。”

男子弯下膝盖，身子后仰，倒向地面，躲开了双剑。男子光靠强有力的脚踝支撑着身体，攻击扑空的爱蜜莉雅没能刹住车，失去了平衡。

在这场战斗中，爱蜜莉雅第一次暴露了致命破绽——男子猛地挺起身子，向破绽百出的爱蜜莉雅举起筷子。

在这个瞬间，男子展现出前所未有的凶猛，露出牙齿，龇牙咧嘴地笑了。他身体前倾，说道：

“有破绽。”

男子用手中的筷子由下至上撩了一下爱蜜莉雅的胸口。

“什么……”

爱蜜莉雅脱掉攻略沙海穿的斗篷，露出平时常穿的白色装束。男子用筷子撩完爱蜜莉雅的胸口，面容猥琐地扭曲了，还下流地笑了起来。

“赚了，赚了。才这点小事就生气……”

“嗬啊！”

“唔！”

爱蜜莉雅双手握拳举过头顶，挥下包裹着拳头的冰拳套，直接砸在露出猥琐笑容的男子的头顶。

她一拳就打碎了冰拳套，清脆的声音响彻房间，巨大的威力让男子大声惨叫，当场抱头打滚。

“呃啊！好痛！想，想什么呢，混蛋！正常来说，女人被那样整一下，动作会迟钝才对吧！你一点都没犹豫啊，混蛋！”

“不就是身体被碰到了吗？你都破绽百出了。”

“开什么玩笑！你到底是怎么长大的啊！父母教没教过你啊！”

“舞棒人”盘腿坐在地上，一边揉被打中的头一边大声抗议。爱蜜莉雅听见男子的咆哮，眨了眨眼，一边摸着被筷子撩过的胸口，一边问道：

“我说了奇怪的话吗？”

“喂！管管这个超正点妞！别让她出门！杂鱼！混蛋，你是她的随从吧！混蛋，看好点啊，好好管住，疼死了，混蛋，真该死……”

“我看你胡闹！你对爱蜜莉雅炭干了什么啊！你这死变

态！死混蛋！大罪司教！”

昴大发雷霆，怒斥猥亵了爱蜜莉雅的“舞棒人”。这一刻他忘了对野蛮男子的敬畏，忘了对强者的恐惧，只顾愤慨激昂。

“昴，冷静下来啊！贝蒂理解你的心情，不过快看呀！”

“啊？到底看什么啊……”

“看那男子的脚下。”

碧翠丝扯了一下昴的袖子，让怒火攻心的昴恢复了理智。他听从碧翠丝的指示，望向男子脚下，瞪大眼睛叫了一声：

“啊，何止一步，动了好多。”

“啊！真的！太棒了！我赢了！”

昴的提醒让男子陷入沉默，爱蜜莉雅转而合起双手跳起来。

能看出冰之魔力响应了爱蜜莉雅的感情，在周围接连变成花朵绽放，仿佛在庆祝自己的胜利。

男子提出的条件是让他走一步，爱蜜莉雅满足了条件。

在众人眼里，结果显而易见——只要男子不耍赖。

“不管经过怎样，赢就是赢……好了，你打算怎么办？”

尽管对不起欢庆胜利的爱蜜莉雅，但昴认为眼前的男子不会干脆地认输。很明显，根据之前的表现来看，很难对他抱有期待。

然而，昴的担忧似乎是多余的。

“哎，没办法，说话算话。虽说因好色之心栽跟头纯属笑话，不过这也没办法。”

“你……你承认了！”

“混蛋，你把我当成什么人了？难得要了一把帅，这时候要是抵赖岂不是会损坏我的名声，混蛋。那样不就无法挽回了吗，混蛋？要是成那样了，你能负责吗，混蛋？到时候哪还有女人愿意跟我啊，混蛋？”

“这种低级的输法，已经让名声差到不能再差了……”

“少啰唆，你这杂鱼！杂鱼，你这杂鱼！杂鱼少叫唤，混蛋。总之，那个超正点妞赢了，过去吧。条件就是这样，没办法。”

“舞棒人”用力挠着头，坦荡地承认自己输了。

也不知男子算不算干脆。不过，既然他话已出口，那昴也不打算死缠烂打。

由里乌斯和安娜塔西亚与男子交手时受了伤，看他们的伤口，只要送去“绿房间”就可以治愈。

尽管第二层的测验过了——

“那么，下面轮到杂鱼上吗？还是两个小鬼中的一个？”

“啊？”

现在可以去上层了。

昴刚得出结论，男子随后的话让他目瞪口呆——

在下一个瞬间，空气中弥漫起焦味。

昴这才理解，那是男子浑身爆发出的超强剑气，急剧的变化激发了本能，让人感觉男子刚才只是随便玩玩。

“塔里总共有七个人……首先是你的女人，过关一个。接下来换谁过我这关呢——问你呢，混蛋。”

大图书馆普勒阿得斯第二层“厄勒克特拉”的测验。

时间“无限制条件”。挑战次数“无限制条件”。挑战者“无限制条件”。

通过者：爱蜜莉雅。

未通过者：昴、碧翠丝、由里乌斯、安娜塔西亚、梅莉、拉姆。

测验继续进行。

4

“舞棒人”宣布继续测验，再次露出牙齿，昴见状大声尖叫。

“等……等一下，等一下，等一下！条件不是只要有一个人通过就行吗！”

“啊？谁说过这种话啊，别乱说，混蛋。为什么过去一个就要放剩下的人都过去啊？用常识想想吧，常识！你脑子里也是杂鱼吗，混蛋。”

“世……世界上最没资格讲常识的人居然跟我讲正论……”

男子双手各拿一根筷子交叉着敲个不停，他的正论让昴叫苦不迭。

事实上，是昴操之过急，误解了测验的通过条件。

第三层一解开谜题测验就结束了，所以昴误以为只要有一个人通过第二层的测验，新的书库就会开放。

假如这个前提条件被颠覆，需要个人实力才能通过，那突破这场测验就堪称绝望了。昴才目睹了爱蜜莉雅提出的条件——“让男子走上一步”，究竟有多困难。

说实话，爱蜜莉雅是现有成员中实力最强劲的——既然由里乌斯和准精灵的契约中断了，那最强的毫无疑问就是她。

面对“舞棒人”，缺少爱蜜莉雅，还有谁能攻其不备？

“等一下呀，你的说法有决定性的错误。”

“错误？”

昴战栗不已，试图在不利的战况中找出胜利的突破口。一旁的碧翠丝对男子毫不客气地说道，她握紧昴的手，像在劝昴冷静。

“什么意思，混蛋。过十年再跟我提意见吧，混蛋。最起码得再等五年吧，混蛋。等你再长长个子，胳膊腿再长一点，胸和屁股凸出来再说，混蛋。”

“原本贝蒂不想陪你胡扯，可你要这样说，那贝蒂彻底改变主意了呀。所以，贝蒂就跟你直说了。”

“直说，说什么？”

“还用问呀——爱蜜莉雅说的是只要让你走上一步，就算‘我们’赢。也就是说，爱蜜莉雅的胜利，是所有人的胜利呀。”

听见碧翠丝指出的问题，昴屏住呼吸，不禁望向爱蜜莉雅。

想不到那个厚颜无耻的建议还有这么深的意图，昴大吃一惊，惊觉爱蜜莉雅的心眼可以这么坏。然而，当事人爱蜜莉雅捂着嘴叫了一声“啊”。昴觉得他错了，那是她本性使然。

“对……对啊，我说过！我说的是我们！怎么样？这样一来，就算我们所有人都通过了测验吧？”

“那是说法的问题吧？混蛋。这哪能算数！”

“这样啊……好吧。昴、碧翠丝，对不起，他说不行……”

“太快了！别这么早放弃呀！”

爱蜜莉雅乖乖放弃，一脸失落，气得碧翠丝怒吼道。不过，冷静想想，要这种小聪明确实太牵强了——只不过，眼前这道关卡就是让人如此绝望。

“这个嘛，小鬼的说辞不是不能理解。而且我一开始好像说过，随你们上多少人，有本事就过了我这关——只不过我讨厌被人命令，所以硬是醒过来了。”

“硬是醒过来了……最开始那一下是为了打破系统吗？”

“什么玩意，混蛋。说我能听懂的话啊，混蛋。年纪轻轻的，说话别这么老气，混蛋。”

男子的心情变幻莫测，时好时坏，昴随便应和他的话，隐约看出了男子的真正身份——理解了测验系统发生了什么。

“原本这测验可以让大家一起合作，只要满足条件就行，结果你醒了，就变成每个人都得满足条件了？”

“哈！可是啊，哪种方式更好玩就不好说了。所有人一起上把我杀死，还是让我揉胸再给我一拳，哪种方式更好玩还真不好说。好险！”

“别乱说话，你这性骚扰混蛋。气死我了。”

男子无意间的一句话气得昴反手拔出鞭子，抽了上去。当然了，这次奇袭对男子不管用，他用筷子轻松夹住了鞭子。

“哈！我就觉得不像舞棒，想不到居然是鞭子，混蛋。什么品味啊，混蛋。鞭子只能抽敌人和你的女人。”

“你不就是敌人吗！还有，我跟爱蜜莉雅炭要一步步来，就算走到那一步也不会用鞭子抽！”

“昴，昴，冷静啊。别被他牵着鼻子走呀！”

“就是啊，昴！不能这么生气！只是碰一下胸而已，他又没对我做不对劲的事。”

“这就是不对劲的事啊，爱蜜莉雅炭！”

“按理来说这应该生气哟，超正点妞。”

爱蜜莉雅试着安抚昴，结果搞得昴和男子同时吐槽。二人默契的责备令爱蜜莉雅瞪大了眼睛，碧翠丝则深深叹了一口气。

就在这时——

“我可以说几句吗？”

听着众人跟“舞棒人”让人泄劲的对话。一直沉默不语的人找到了机会，颤抖地说道：

“我也不想这样说，可我觉得现在应该撤退。”

梅莉举起小手说道，夏乌拉还躺在她腿上。她缓缓地摇了摇头，黄绿色的眼眸透着畏惧。

“我搞不懂，为什么大哥哥能跟那人正常对话……骑士大哥哥和围巾大姐姐都被打倒了，光溜溜大姐姐也一样。”

“夏乌拉不是被打倒的……不过，确实很奇怪。”

梅莉给出了消极的意见，但考虑到现有战斗力，这是理所当然的判断。

反倒是还想继续挑战的昴不够冷静。他彻底被“舞棒人”的剑气煽动了，男子对爱蜜莉雅性骚扰，而且由里乌斯和安娜塔西亚也倒下了，昴没法客观分析这造成了多大影响，不过——

“假如我们现在撤退，以后再来，你能同意吗？”

客观地说，“舞棒人”的实力强到神挡杀神，佛挡杀佛。

靠着两根棍子击败了由里乌斯，还能与爱蜜莉雅抗衡，而且看他的态度，他明显保留了实力——毫不夸张地说，他和莱因哈鲁特是一个级别的。现状是昴等人没有一点胜算。

昴终于得出了这个结论，坚定了撤退的想法。于是——

“不玩了。”

“啊？”

“不——玩——了！不玩了不玩了不玩了不玩了不玩了不玩了不玩了！没劲了！”

眼见昴等人身心都准备撤退，男子便像个熊孩子一样闹起了脾气。

然后——

“收摊了。滚吧，混蛋们。我已经受够了。这还玩个屁啊。”

男子一屁股坐了下去，立起一条腿的膝盖，自暴自弃地抱怨道。

“等……等一下，等一下，等一下！你也太随意了吧，什么情况啊？‘测验’的规矩是由你的心情定的吗？”

“少啰唆，混蛋。原本这里的裁量权就交给我了，混蛋。我说不玩了那就是不玩了。”

男子旁若无人的语气让昴不禁语塞。眼见昴大惊失色，男子继续说道：

“而且——我没干劲的时候可不喜欢玩。混蛋，你能行吗？”

一股风迎面扑来，让昴恶寒。

男子歪起了嘴角，舍弃一切武装，连筷子都收进了怀里。那笑容和他之前的笑容有本质区别。

那不是凶猛却透着阳光的笑容，而是散发着漆黑血腥味和阴惨杀意的凶兽的微笑。

“啊。”

房间内响起轻轻的叫声。

发声的不是昴，而是本该在他身边的爱蜜莉雅。只见她按着自己白皙的喉咙，瞪大宝石般的眼睛大惊失色。

爱蜜莉雅双膝跪地，倒地不起。她仿佛在这个瞬间才发现，自己已经无法站立，忘记了呼吸——

“呼——”

昴也是如此，看见爱蜜莉雅才“想起”呼吸。他按着喉咙当场跪地，拼命将空气吸进胃里，直到氧气开始在血液中循环。

如果周围没人让昴想起自己忘记了呼吸，那么，对手光靠眼神就已经把昴杀死了。

“你就好好动脑筋思考怎么赢吧，混蛋。跟超正点妞一样的伎俩可不管用，除非来个睡着的女人，不然你们没胜算。滚吧，我要睡觉了。”

低沉的语气不含一丝戏谑，男子没再多说一句，垂下了头。过了一会儿，渐渐能听见男子睡着后打个不停的鼾声。

从某种意义上来说，响亮的鼾声将男子的人品反映得淋漓尽致——然而，在场所有人中无人敢笑话他太从容。

“赶紧回去吧。”

昴一行人只想尽快离开这里。

梅莉没有反抗本能，如此主张道。昴等人听了少女这番话，带上伤者，不得不撤离测验的考场。

5

“原来如此。这就是灰溜溜逃离第二场测验的原因啊。”

“好辛辣啊，姐姐大人。”

“别这样说。拉姆现在觉得巴鲁斯可能真的是躺在那里的女孩的师匠。”

“那就不好了。我会注意的。”

听见让人不寒而栗的忠告，昴无力地耸耸肩，他的回答让拉姆轻轻叹了一口气。

一行人来到了第四层，先前待在“绿房间”里的拉姆和回来的众人在另一个房间会合了。房间里还有爱蜜莉雅、碧翠丝和梅莉，最后是被扔在地上的夏乌拉。

一行人走下长长的阶梯，从第二层逃回来，先把由里乌斯和安娜塔西亚送到了“绿房间”，把他们交给精灵治疗。

一行人随后向不知道情况的拉姆说明了在第三层和第二层发生的事。

“这测验官听起来相当离谱啊……只有爱蜜莉雅大人入了他的法眼，对吧？难道就不能让大家去书库看看吗？哪怕只让一个人去。”

“啊，对啊，我一个人或许能上到第一层……要问问‘舞棒人’先生吗？”

“不，还是算了。我可不想在他心情不好时刺激他，免得惹祸上身，就算他同意让爱蜜莉雅炭一个人上去，那也很危险。”

“我会非常注意的。”

“很危险。”“很危险吧。”“很危险呀。”

爱蜜莉雅决心坚定，昴、拉姆和碧翠丝同时给她泼了一盆冷水。只不过，三人打击她的积极性并不是对她过度保护。

“既然第二层的测验是那个样子，那后面肯定危机四伏。让爱蜜莉雅炭一个人上去，连回不回得来都不知道……”

“那还是只能靠大家努力，过了‘舞棒人’先生这一关吗？”

“我倒是想这样做……”

能否实现有待商榷。其实对方大幅降低了难度，实力最强劲的爱蜜莉雅才能勉强过关，而且由里乌斯被打倒了——

“但愿他不会一蹶不振吧……”

“你在担心由里乌斯吗？”

“不好说。要说担心，确实担心……但问题没这么简单吧。”

由里乌斯在和“舞棒人”的正面对决中被打得体无完肤。想想骑士剑断掉时他的表情，昴的不安应该不算多虑吧。

剑技不管用，被对方当孩子耍，最后连骑士剑都折断了——

“龙车里倒是还有备用的剑，但问题不在这里吧。”

“剑重新打就是了，贝蒂不懂为什么执着于一把剑。”

“贝亚子也很珍惜我给你做的手帕、连指手套、围裙之类的东西吧？要是这些东西被搞坏了，你会怎么想？他的情况更严重。”

“贝蒂太不懂事了，对不起。”

碧翠丝乖乖为说错话反省，昴摸了摸她的头，叹了一口气。

很难想象由里乌斯在“绿房间”醒来会有怎样的反应，是反常地消沉，还是像往常一样表现得很坚强？不管怎样，昴都不知道该怎样开口，心情很沉重。

而且说起担忧，昴担忧的不光是由里乌斯。

“安娜塔西亚……艾姬多娜为什么会那么拼……”

安娜塔西亚，即围巾多娜介入由里乌斯和“舞棒人”的一对一决斗，在一旁支援由里乌斯，她的判断在昴心中留下了深深的疑问。

当时，昴一行人都在寻找时机，大家都很想支援由里乌斯。可是，昴没想到最先出手的人是艾姬多娜。

在昴看来，无论是来的路上，还是抵达塔之后，艾姬多娜不忘模仿安娜塔西亚的言行，一直遵守着保护她身体的约定。

昴不知道她为什么在这时候突然做出那样的举动。

在水门都市第一次坦露身份时，艾姬多娜向昴解释过她和安娜塔西亚的关系，以及安娜塔西亚身体的天生缺陷。

安娜塔西亚的门有缺陷，她的身体无法从外界汲取玛娜，想使用魔法就只能消耗自己的魂力，即消耗自己的生命。

“可是，为什么她不惜付出这种代价也要救由里乌斯？”

她工于心计，为了达成某种目的而行动，但当时看上去并非如此。她那么拼命，无疑是因为担心由里乌斯的安危。

“安娜塔西亚大人和骑士由里乌斯虽然也让人担心，但亟待解决的是其他问题。”

“测验官‘舞棒人’，对吧？”

“嗯。这样说也许很无情，但拉姆更关心该怎样通过测验——只要过不了这一关，就找不到让雷姆恢复健康的办法。”

拉姆打断了昴的思考，提出了冷酷的意见。

拉姆自己也承认了，她的话有一点欠考虑，然而昴无意责备她。

拉姆的表情看上去和平时一样，但背后藏着少许急躁。毕竟指尖就快够着拯救妹妹的可能性了，一步之遥的距离或许让她感到焦躁。

“单衣独眼，红发蓝眼……这打扮的自我表现欲好强啊。”

“能想到类似的人吗？你没亲眼见过，或许无法想象，说实话，强得跟怪物一样，搞不好跟莱因哈鲁特有一拼。”

“真是噩梦啊。”

“但昴说的都是真的。虽然我没见过莱因哈鲁特使出全力，不过……嗯，应该跟他差不多强。”

爱蜜莉雅眼见拉姆不敢相信，也肯定了昴的看法。

“如果相信巴鲁斯和爱蜜莉雅大人，那对方就是跟骑士莱因哈鲁特一样强的敌人……跟号称人间最强的莱因哈鲁特齐名的人，目前各国各有一个人。”

“莱因哈鲁特是王国最强，另外三个国家也有自己的王牌吗？”

“佛拉基亚帝国的第一将军‘苍蓝雷光’塞西鲁斯·塞格门特，古斯提克圣王国的‘狂皇子’，然后是卡拉拉基都市国家的‘礼赞者’哈利贝尔。不过，每个人的特征都不一样。”

“有没有红色长发的人？”

“拉姆不知道圣王国‘狂皇子’的特征，所以不好说。”

“皇子，皇子啊……他的气质不太像吧？”

不过单看“狂”的部分，大家不敢断言不是同一个人，然而不管面容多美，他终究还是没有王族的气质。

他的美是野性的美，只有置身于荒野，才算得上是美术品。

“这样一来，就不是举世闻名的武者了……”

“他穿的是卡拉拉基的民族服装，筷子也用得很好呀。”

“他那用法跟原本的用途相去甚远，真能说用得好吗……”

而且，不管再怎么努力想，昴都无法把那个男子和“默默无闻的武者”联系在一起。有那么强的实力，个性还如此强烈，要是到死都默默无闻就太不对劲了。

而且，被加入普勒阿得斯监视塔奇特系统中的男子，真的会是等闲之辈吗？这个疑问一直挥之不去——

“啊，大哥哥，能打断一下你们吗？”

“嗯？”

“光溜溜大姐姐好像快醒了哟？”

在房间的角落，把腿给夏乌拉躺，用心照顾她的梅莉举起了手。正如她所说，夏乌拉躺在梅莉的腿上，身体扭得格外妖艳，还“嗯——嗷——”地哼了起来。

随后，在所有人的注视下，夏乌拉慢慢睁开眼——

“师匠……别丢下人家一个人……人家不想，再这么，寂寞了……”

“别一开口就说让人伤感的话啊！其实你早就醒了吧！”

“嘁。人家还想着只要装乖，或许能让师匠动情，师匠真坏。不过不过，人家也很爱师匠这一面。”

“害我白担心一场……”

夏乌拉抬起长长的腿，脚踩地面，轻巧地站了起来，扎起的长发摇来摇去。她左顾右盼，观察了一遍房间，然后歪起了脑袋，说道：

“哦？咦？为什么人家会在这里啊？人家记得师匠灵光一闪，带我们突破了测验，去了上一层……”

“嗯，这不是做梦，是现实。”

“然后师匠就紧紧地抱着人家，笑着对人家说再也不会放开人家了……”

“这就是梦了！第二场测验一开始你就昏迷了！”

昴怒斥说梦话的夏乌拉，试着让她想起昏迷前发生的事。然而，不知为何，夏乌拉有些不屑地哼了一声：

“昏迷？人家哪可能这么丢人嘛。人家时隔几百年再次见到师匠都没昏迷哟？说人家昏迷简直是天方夜谭，太可笑了！”

“不，我理解你的疑虑，但你真的昏迷了。昴和梅莉非常担心你，你就相信昴吧。”

“嗯！师匠担心人家？嘿嘿嘿，人家信。”

“好贱……”

“怎么说得人家像附赠的一样，感觉好伤心啊。”

夏乌拉面露傻笑，羞答答地推翻了自己说的话，让昴和梅莉不约而同地露出复杂的表情。随后，夏乌拉偏着头，说道：

“咦？可是人家为什么会昏迷啊？人家居然会昏倒，太不寻常了。在那种状况下，人家就算把师匠之外的人全杀了也不奇怪……”

“拉姆知道你对巴鲁斯——不对，对师匠抱有过度的期待，但这好像是事实。慢慢回想……在你眼前有长长的阶梯。”

“长长的阶梯……”

或许是想按照记忆顺序让她回想起来，拉姆就像用催眠疗法一样，轻声对她说道。

“迎接你的是白色的房间，钢铁之剑插在地上。在拿起它的瞬间，在场所有人心中响起了奇妙的声音——”

“紧张紧张……”

拉姆动情的描述令夏乌拉和爱蜜莉雅听入了迷。夏乌拉姑且不论，爱蜜莉雅应该很清楚发生过什么事，不过昴怕打断拉姆，便没有提及。

“这时候，房间深处出现了人影。那男子长着红色的长发和蓝色的眼睛，身穿异国风情的服装……”

“呀！”

在说到关键场面的瞬间，夏乌拉尖叫着向后跳了一步。她直接扑向昴。不过昴早料到了，没有被扑倒，他放低重心，这次稳稳地接住了夏乌拉。

相对的，夏乌拉柔软的身体像老虎钳一样紧紧勒住了昴。

“好痛，好痛，好痛，好痛！想……想起来了吗？你想起来了吧！”

“为……为……为……为什么那家伙会在这里啊？师匠，你们不是说他死了吗？这不是还活着吗？果然是怎么杀都杀不死的家伙！”

“啊？你到底……”

昴含着泪，正准备反问夏乌拉她到底在说什么。这时，他发现了——

夏乌拉这番话所代表的的含义。

根据她以前说过的话来看，符合条件的人只有一个——

“‘舞棒人’！‘舞棒人’雷德！那个禽兽！恶魔！为了羞耻的目的又活过来了！”

6

雷德·阿斯特雷亚。

这名字属于塑造传说的剑士。

相传这位大剑士斩杀了魔兽，斩杀了剑豪，斩杀了龙，最后还斩杀了魔女。

他是第一个获得“剑圣”之名的人，同时也是拯救了世界的“三英杰”之一。

包含莱因哈鲁特·梵·阿斯特雷亚在内，他是“剑圣”家族阿斯特雷亚家荣光的起点，现在仍然是为剑而生之人最憧憬的对象——

这确实难以置信，因为那个名字本该在四百年前消逝。

如果这里不是自数百年前便存在的、与魔女有缘之人建造的塔，众人估计会对这种可能性付之一笑吧。

但是，这里有活证人知道四百年前发生的事。

但是，这里是活在四百年前的“贤者”建造的塔。

考虑到“贤者”那恶劣的性格，十分有可能将初代“剑圣”留下当守卫，表示有本事就过了初代“剑圣”这关。

昴得知这个事实，急忙赶回了“绿房间”。

既然知道了对手是雷德·阿斯特雷亚，那就必须制定对策。幸运的是，据说那位“剑圣”不缺逸闻。

还有一件幸事，那就是一行人中有熟悉过去伟人的人才。

当然，昴能想到他还对战败耿耿于怀。但是，只要了解对手的情况就有办法雪耻。谁叫对手那么强。

毕竟对手是“剑圣”——和莱因哈鲁特同姓，而且还是创造了这个姓氏的始祖。

只要这样想，他应该就能消化这场败仗——

“那个大混蛋。”

昴怀着对由里乌斯的安慰之词，回到“绿房间”后低声咒骂了一句。

房间深处是精灵创造的草床，专供伤者躺下休息——四张床躺了雷姆、安娜塔西亚，最里面是帕特拉修。

只有安娜塔西亚和帕特拉修中间那张床是空荡荡的。

草编成的床上只留着一把被折断的骑士剑。

7

踩在阶梯上的脚步声和扎在肌肤上的剑气让男子缓缓睁开

眼睛。

他不是为睡眠被打扰而愤怒。说到底，他的人生永远身处战场。

只要无时无刻不置身于鬼门关，那么不管发生什么事，心都不会慌乱。只不过，不知道他多么以战斗为乐。

对方爬上阶梯，渐渐现身。男子记得这剑气，他对脚步声和步伐也有印象。毕竟刚刚才见过，想忘都难。

可对方应该也一样，所以男子感觉很奇妙。

男子本以为他是个聪明的对手。

“哈！”

对手走上来，男子一看他的眼神，这个印象就消失了。

转而涌上一股冲动，令男子喉头作响。

男子响亮地咂了咂舌，野蛮地挠了挠红发。

“这次可就不是随便玩玩，混蛋。”

尽管男子认为这毫无意义，但还是尽礼数警告道。

见状，对手先是闭上眼睛，立刻舍弃了所有感情。

然后他毫不犹豫地伸出手，拔出插在地上的剑，摆好架势。

“我是卢卡尼克王国骑士团的骑士——由里乌斯·尤克历乌斯。”

骑士报上名号，见男子眯起眼睛，便借机猛地跑了起来。

眼见他跑来，男子——雷德·阿斯特雷亚冷酷地歪起嘴角，嘲弄道：

“只要你放不下这无聊的名号，那就连陪我玩的资格都没有。”

The only ability I got in a different world "Returns by Death"
I die again and again to save her.

第五章 由里乌斯·尤克历乌斯

Re:从零开始的异世界生活

Re: Life in a different world from zero

1

恐怕谁都不会相信。

“我叫菜月昴！是罗兹瓦尔邸的男佣，也是这位国王选举候选人——爱蜜莉雅大人的第一骑士。”

在那个瞬间，这句大话让他与王城大厅中的所有人为敌。

连说出这些话的昴都难掩浮躁的感情和冲动——当时，这发言深深触动了一个男人。

2

由里乌斯捡起选定之剑，熟悉的手感让人动容，险些让他产生错觉，以为是剑选择了他。

而此时此刻，他根本不敢昂首挺胸地说自己配得上这把剑。

“噫！”

和断掉的爱剑比起来，这把剑的剑身稍厚，尖端也较重。不过，只要根据剑的特性挥剑，就算有一点差异也能立刻适应。

并非每次战斗都能使用顺手的武器。由里乌斯自负地认为，自己在日复一日的修炼中考虑到了所有事态，尽可能在战斗中不挑剑。

“你好无趣啊，混蛋。”

由里乌斯自负地使出犀利的突刺，男人懒散地向后一跳，轻松避开。

由里乌斯向前迈步，靠步法缩短拉开的距离，紧追不舍。

如果要在战斗中评价综合剑技，那么重要的不只是剑法，还有步点和步法。这样可以用最快、最好的招式冲到最合适的位置。

所以，由里乌斯开始练剑的时候，最先学的就是步法。

由里乌斯认为自己遇到了良师。师傅的剑术和现在的自己比起来有几分劣势，但这是年老所致，无可奈何。

不过，由里乌斯的师傅擅长将徒弟培养得青出于蓝胜于蓝。他不光注重剑技的实践，还喜欢讲述技术的由来和传承的历史。

由里乌斯自然也爱上了当听众，能付诸实践让他备感荣耀。由里乌斯追着跃起的男人，瞄准落地地点发起剑击，他左躲右闪，扰乱男人的视线，想从下方斩击。

“跟教科书一样啊，混蛋。”

男人靠手中的木棍轻松改变了剑刃的轨迹，躲过了致命一击。在不足一秒的攻防中，男人使出穿针引线般精细的技术，展现了超凡的剑术实力。

由里乌斯惊愕地哼了一声，迅速将剑挥向头顶。为防暴露的破绽被对方抓住，由里乌斯扭动身体，命令意识使出风刃——但是，他现在没有微精灵的帮助。这样只会暴露破绽。

“哈！”

男人伸脚一踹，正好重重踹在由里乌斯的侧腹部，脚尖在由里乌斯内脏的缝隙间狠狠一剜，让紫发骑士体内的器官一齐发出惨叫。

由里乌斯被踹开了。在被踹开的刹那，他主动跳向受冲击的方向，防止因惯性失去平衡。

然而，由里乌斯无法抵消这一脚的贯通力。他受了这一招，感到头晕眼花，头痛欲裂，直想恶心呕吐。与此同时，他踩着地面，抬起头紧盯着目标。

由里乌斯用力挤压肺部，重重地呼出一口气。他先放空自己，再靠急促的呼吸逼迫自己冷静下来。

把要吐的东西吐出来，全部吐光。这样一来，就还能战斗。应该还能战斗。

只见红发男人面带笑容，站在十来米远的地方。由里乌斯再次向他冲去，紧追不舍，使出剑击，至少也要撕下他那从容的笑容。在那一刻，真正的战斗才开始。

“装什么啊。战斗哪来的真假，混蛋。当是看连环画吗？”

“啊。”

对手眨眼间便拉近了距离，让由里乌斯哑然。

由里乌斯真的就只眨了一下眼，当他睁开眼，男人拉近了二人之间的距离，用棍尖抵住了他的鼻子。他不小心挣扎了一下，想甩掉棍子，结果两根棍子画出弧线，打在他的脑袋和胸口。

尖锐的冲击袭来，比起疼痛，锐利的一击险些打昏由里乌斯。他咬住牙，集中险些模糊的意识，用力踩了一脚地面。

“啊！”

由里乌斯下意识低吼，剑画出半月状轨迹，劈向男人。男人像跳舞一样优雅地躲掉攻击，一肘打在由里乌斯的侧脸，使得由里乌斯的意识再次模糊起来。

正因如此，由里乌斯选择了他最熟练的一击。

他同时咏唱炎与水的魔法，再加上剑击，发动三管齐下的攻击——然而没能使出来。

准精灵的契约已经中断，他失去了炎与水的支援，使出的只是历经千锤百炼才练成的剑法。这招十分优美，号称“最优秀”的一招，普通人应该接不下，难逃一死。

“呸。”

最顶尖的骑士剑技被对手玩耍般挥出的棍子轻轻弹开了。

男人抬起腿，膝盖击中由里乌斯的心窝，让他呻吟着吐出了胃液。他险些跪地，浑身承受着连击，但他不能倒下。

“哦？”

冲击令由里乌斯险些倒向后面，他情急之下伸手撑住身体，顺势向后转，来了一记回旋踢。男人意外地哼了一声，躲掉了攻击。

由里乌斯趁机拉开了距离。他流着鼻血，又用白色的衣袖将其拭去。紫发骑士的制服染成鲜红色，显得肮脏污浊。

由里乌斯毫不在意。他急促地呼出一口气，将所有力量集中在右手的剑上。

要砍到，非砍到不可。要更强，非更强不可。

“太窝囊了，混蛋。你剑都用多久了啊，混蛋？我才用了三个月，混蛋。我能砍开光，你又能砍开什么呢？”

“我要在这里砍了你——”

“别说傻话了，混蛋。你办得到吗，混蛋？就凭你怕是办不到吧，混蛋。你挥的剑不可能砍到我。你挥的剑现在砍不到我，以你的能力是砍不到我的。凭你现在这两下子也砍不到我。别该干的事都没干，只会说想干的事，混蛋。”

由里乌斯使出强有力的招式当作反驳。

筷子如雨点般落下，反复十来次，次次打在由里乌斯身上，就像在回应他的剑。

“你不够格啊，混蛋。实力还不够啊，混蛋。混蛋，这不是你该来的地方啊。这不是你的领域啊，跑错舞台了啊。我找的不是你啊。”

必须更加强，必须用剑证明这一点。

由里乌斯失去了名字，失去了家庭，失去了家人，失去了主君，失去了朋友，失去了靠灵魂维系的精灵。

这是由里乌斯仅剩的事物。剩下的就只有自己，就只剩自己靠着自己力量累积起来的本领。

这是唯一能证明自己存在的事物。

“恶心死了，混蛋。你戴了一张漂亮的面具吗？混蛋？你光是模仿别人就心满意足了吗，混蛋？不管是剑，还是你，都太无趣了。”

由里乌斯曾以剑的顶峰为目标。

他曾经怀着希望，认为自己有能力抵达那里。

他很快就发现那里高不可攀，最终放弃了。

他那时目睹了红发少年，意识到少年背负着巨大的使命。

“根本没人看你，没人期待你。你以为我会陪你玩啊，别天真了。你来当我的对手，不管怎么打、怎么踹都没意思啊。”

他曾经心怀憧憬，那时有太多熠熠发光的故事。

凭自己现在的实力，实在不足以跻身其中。

他拼命挣扎，想着有朝一日或许能重拾当年的梦想。

没戴眼罩的蓝眼睛，飘逸的火红长发，男人的模样神似曾让他放弃梦想的少年，又与他心中的某个憧憬重叠。

他希望有朝一日能接近他心中的目标，自认为从来没有疏于努力。

“还不够啊，混蛋。差得太远了——活着就别偷懒啊。”

由里乌斯想接近心中的目标，他的愿望遭到唾弃，被木棍打得体无完肤。

对手连剑都不愿挥，自己挥的剑也砍不中对手，由里乌斯坚持至今、唯一相信的事物惨遭践踏。

某种感情慢慢涌上心头，但一种更强烈的感情盖过了它。

“哈！忍不住了啊，越来越无趣了，混蛋。”

由里乌斯的身体挨了一下，被打得喘不上气。男人抓住他的头发左右甩他，又径直将他砸在地上，趁着他翻滚时一脚踢在他脸上。由里乌斯就像圆盘一样滚落到地面上，向无穷无尽的白色世界滚去。

由里乌斯拄着地面直起身子，望着被踹开的方向。男人径直冲来，膝盖狠狠磕在他的脸上。在重重相撞时，他用额头抵住膝盖。尽管额头破了，但他仍将男人顶了回去。

男人露出了破绽。由里乌斯重新站稳——他本该站起来，可身体无法动弹。

“唔……”

由里乌斯浑身的筋骨仿佛在哀号。他头部受了重伤，意识渐渐模糊，一旦松懈，脑浆仿佛都要洒出来。

剑呢？剑上哪去了？由里乌斯慢慢握紧右手确认手中的剑，他发现他的右手确实握着剑柄，随即松了一口气。

不能松手，万万不能松开剑。要是连剑都松开了，又会失去什么——

或者说，此刻自己手中的物件是别的东西，只是外形跟“剑”一样？

由里乌斯认为自己的信念没有错。他坚信这就是自己要走的人生之路，所以才一路走到今天。

此刻也一样，由里乌斯一直认为自己的信念坚定不移，终生不会改变。

所以，从他手中消失的事物应该不是所谓的正确与错误。

或者说，难道自己错了吗？

难道自己怀揣着错误的信念，选错了道路，认错了信仰，难道是这样？

自己失去了名字，失去了家庭，失去了家人，失去了主君，失去了朋友，失去了靠灵魂维系的精灵。

如果说连唯一不能失去的事物都是不足为道的、不值得紧紧抓住的、无法当成心灵支柱的幻影……

由里乌斯曾向主君发誓，要变强，要拥护主君。

仅剩的最后一个朋友对他说，还记得他的强大。

在失去了一切的世界里，唯一能支撑自己的就只有“强大”。

只有“强大”是一直维系着脆弱的自己、使自己不会消失的“磐石”。

“你的剑迷茫了，混蛋。”

自问自答究竟耗费了多少时间？

恐怕只有一刹那，还不足一秒。但是，只要有这一刹那的破绽，对男人而言——对“剑圣”而言，无异于获得了无数个屠杀敌人的机会。

尖锐的声音响起。由里乌斯睁眼一看，掉在地上的剑映入眼中。

剑从手中滑落，他终于连剑都失去了。

不仅是名字、骄傲，现在就连剑都失去了，那么站在这里的自己究竟是什么？

“你没有练就天剑的资格——混蛋，你连小弟都不配当。”

毫无感情的声音冷冷地宣告道，只见“剑圣”正手握棍子压低重心。

这个瞬间，“剑圣”第一次摆好了架势。

紧接着，棍子一声闷响，化为剑击——毫无疑问是剑击。

“剑圣”使出致命的剑击，由里乌斯被冲击波吞噬，整个人飞了出去。

不是拳打，不是脚踢，这一击不同于先前任何一种暴力。

这不是暴力，这才是剑的巅峰，剑的最顶峰，靠着真正的“强大”使出的剑技。

由里乌斯被光芒吞没，意识远去。

这究竟是看见死亡，还是看见克服死亡的其他景象？由里乌斯连这个都不知道。

只不过，在被击飞的瞬间，他隐约听见了声音——

“由里乌斯！”

声嘶力竭的呼喊透着一股悲壮感。

似乎有人拼命跑上长长的阶梯，撞见了一招定胜负的瞬间。

正因为响起了这道喊声，由里乌斯不合时宜地笑了起来。

“最优秀”骑士、卢克尼卡王国近卫骑士团成员、尤克历乌斯家的长子兼下一任当家、国王选举候选人安娜塔西亚·合辛的第一骑士——

由里乌斯·尤克历乌斯。

“哈。”

此时此刻，自己真的配得上这个名字吗？

带着这个疑问，由里乌斯的意识被光芒吞没，突然消失了。

3

昴跑上长长的阶梯，赶到的时候已经太迟了。

“由里乌斯！”

昴气喘吁吁，肺叶快要破裂，可他仍然挤出声音大喊道。

然而，声音和话语很难拥有改变状况的力量。

白光将洁白的空间涂成惨白。

昴不清楚具体原理，不知是因为这一击能劈开光，还是因为剑士的修行登峰造极。只见斩击掀起冲击波，横扫了空间。

顺着剑锋所指的方向望去，只见光吞没了一切，在场的人来不及抵挡，只能被击飞。

随后，光芒眨眼间消失。白光散去，只剩脱掉一边袖子的红发男人高大的身影，以及像尸体一样倒在地上的紫发剑士的身影。

“哟，这不是杂鱼吗，混蛋？”

红发男人语气轻佻，昴被眼前的景象惊得说不出话。男人一副若无其事的样子，仿佛已将先前发生的事抛在脑后，还龇牙咧嘴地露出笑容。

随后，男人指着被打倒在地的剑士——由里乌斯，说道：

“来晚了啊，混蛋。我已经收拾掉了，他留在这太碍事，赶紧把人带回去吧。”

“雷德·阿斯特雷亚。”

“干吗啊，混蛋？少乱猜别人的名字，混蛋。在我看来不报上名字更帅气，别妨碍我耍帅啊，混蛋。”

被叫出名字令“舞棒人”很不开心——错了，是雷德才对。

尽管男人轻佻的语气让昴不满，但昴并不敢轻举妄动。昴紧盯着雷德，慢慢走向倒下的由里乌斯。

“我又不会把你抓来吃了，混蛋。用不着一直瞪着我。”

“不好意思，我的故乡有个常识，面对熊不能移开视线。”

昴注视着雷德，保持警惕，探着身子确认由里乌斯的呼吸。虽然由里乌斯失去了意识，但昴将手伸向他的嘴角，感受到他在呼吸。

“你先前说过下次不会手下留情，想不到还挺心慈手软的。”

“这可不一定。你不觉得比起被筷子杀死，被筷子打败并灰溜溜地逃走更加丢人吗？我是这样想的。与其忍受这种奇耻大辱，还不如一死了之。所以，我要用筷子打败他，让他灰溜溜地逃走。”

“我要撤回心慈手软的评价，该死的混蛋。”

“哈！杂鱼说什么，我都不会放在心上的。而且，我今天已经不打算再考验你们了。但你要上，我还是会收拾你的，就跟收拾你脚边的那家伙一样。”

雷德右手挠着肚子，左手的筷子指了指昴，又指了指由里乌斯。

“该死的！”

“哦哦，这就对了。死鸭子嘴硬，扛上他走吧。只要这样能让你舒服点就行，逃跑更轻松，也更聪明，就是太没劲了。”

雷德一屁股坐在地上，冷酷地眯起蓝眼睛狠狠说道。昴忍受着对方胜利的愉悦，费力地扛起倒在地上的由里乌斯。

“下次带个好女人来啊，混蛋。带那个超正点妞来也行。”

雷德挥了挥手，直到最后都没有叫任何一个人的名字。

面对雷德轻狂的态度，昴一言不发，只能灰溜溜地逃走。

4

“呼，呼。”

昴一步一步地、一级一级地稳稳走下阶梯。

他背着一动不动的由里乌斯，一步一级，气喘吁吁地走下长长的阶梯。

“得赶紧把他送回去……爱蜜莉雅和贝亚子也很担心吧。”

昴等人发现由里乌斯不在“绿房间”，大家便分头行动，在塔内找人。有人前往第三层，有人急忙去第四层的各个房间中寻找，夏乌拉去了下层约瑟夫和龙车待的地方。

大家都很担心由里乌斯。他输给雷德，放下断掉的骑士剑离开，真不知他究竟怀着怎样的心情。

现在她们一定忧心忡忡，但只有昴不一样，昴立刻就想到了，由里乌斯放下骑士剑后究竟去了哪里，究竟为了什么。

肯定只有昴——

“晃得好厉害啊。”

“你醒了啊！”

背后传来的声音让昴停住下楼的脚步。由里乌斯听见昴的呼唤，应了一声“嗯”，一动不动地说道：

“这里，是……”

“大致来说，就是在下楼梯，说得具体一点，就是在下长长的楼梯。再具体一点，就是在下第四层和第二层之间的楼梯，我们正在逃跑。”

“真拐弯抹角啊……你背着我？”

“是啊。提醒你一下，最近这是我第二次背你。不久前我才想过再也不背你了，结果才过三十分钟又这样了，你能理解我的心情吗？”

“难怪这么不舒服……”

“你想被摔下去吗？”

由里乌斯好像带着笑意呼出一口气，昴反驳了他的讽刺。与此同时，昴悬着的心终于放下来了。

说实话，昴没想到由里乌斯开口第一句话会这样说。要说昴很害怕都不为过，所以，当他见由里乌斯没有一开口就自暴自弃时，便放心了。

“还记得发生了什么事吗？”

“我太窝囊了。我被敌人轻易击败，不仅被他怜悯，还给安娜塔西亚大人和你添了麻烦。”

“我可不是恶魔，你败给那种对手，我也不会指责你。”

由里乌斯的语气极其符合他的作风，昴叹了一口气，两人继续下楼梯。

由里乌斯醒了之后，昴背起来比刚才轻松多了。而且，昴心头沉重的不安散去了，他的脚步轻快起来，快步走下楼梯。

“安娜塔西亚大人没事吧？我看见她倒下了，在精灵的房间接受治疗。”

“目前的诊断结果是性命无虞，反倒是你更接近死亡。面对那种对手……话说，你要是知道那个眼罩大块头是谁，保准吓一跳。”

“雷德·阿斯特雷亚。”

由里乌斯坚定的语气惊得昴一瞬间屏住呼吸，停下了脚步。不过，昴为了掩饰惊讶，很快调整好呼吸和脚步。

“这……这你都认出来了啊。多亏夏乌拉，我才认出他。我能看出他们四百年前就认识了，所以自然就知道他是谁了……看来夏乌拉是真的怕他。之所以一看见他就昏过去了，也是因为他的身份。”

“因为他特征很多，很好认。火红的头发，蓝色的眼睛，还有那超凡的剑技……不知道能不能称其为剑技。我甚至都无法让他挥剑，姑且称他为纯粹的高手好了。‘舞棒人’这个称号，也是文献中对他的描述。”

“话说，是因为他用筷子战斗，所以古人就叫他‘舞棒人’吗？”

“准确来说，‘舞棒人’的意思是不挑武器。从他自称‘舞棒人’的那一刻起，我就想到了……但我始终无法确信。没能告诉你们，真是对不起。”

由里乌斯的语气透着歉意，昴无言以对。

尽管他说“舞棒人”有许多特征便于辨别，但是在昴看来，要确信未免太困难了。

雷德·阿斯特雷亚——世人口中的初代“剑圣”，应该在四百年前就死亡了。即使特征一致，昴也实在无法想象自己遇上的是童话和传说中的伟人。

如果真的有人能发现这种可能性，应该是昴发挥天马行空的想象力才想象得到。

监视塔内举行的测验在某些方面很像昴在艾姬多娜的墓地参加的“试炼”，他和爱蜜莉雅也谈过这一点。既然如此，只要内容和塔内的测验有关，昴就应该一个不留，全部列举出来。

正是这次懈怠，导致昴没能通过第二层“厄勒克特拉”的测验。

“不知道是什么原理，我们邂逅了从过去复活的传说中的剑士……啊，我原本应该为这奇迹般的相遇感到开心才对……”

“我理解你的心情。你看到传说中的英雄其实是那副德行，肯定很失望吧。夏乌拉也被誉为‘贤者’，这座监视塔有太多不合常理的地方。”

“看来你理解我的感受啊。”

由里乌斯声音沙哑，透着几分自嘲。

昴听了由里乌斯在自己耳边脱口而出的话语，意识到自己说话冒失，不禁咬住了牙。

不过，昴轻描淡写地说：

“话说回来，刻在金币上的初代‘剑圣’的传闻跟本人确实有很大出入。夏乌拉压根不是‘贤者’，性别错了倒也情有可原，可‘剑圣’的反差相当大，金币上的图案更像大叔……”

“根据史书记载，雷德年老后才以‘三英杰’的名义立下丰功伟绩。金币描绘的样貌恐怕是对的，金币上的他比史书上年轻。”

“对了，雷德好像不记得夏乌拉啊……”

昴原本只想转移话题，结果居然感到蹊跷。

据由里乌斯所说，若夏乌拉和雷德认识，那雷德确实过于冷漠。只不过考虑到二人的性格，昴的推测就未必站得住脚了。

“如果推测是正确的，那他在跟魔女战斗时已经年过壮年。而我们必须战胜正值壮年的他。”

“前路充满了磨难，甚至让人感觉是不可能完成的任务。”

“这条路毫无疑问充满艰难。但是，只要制定好对策就一定能找到出路，其实……”

昴思索着战胜雷德的战术，他突然犹豫起来，不知道该不该说下去。他心里咯噔一下，觉得或许不该在此时此刻告诉由里乌斯。

然而，由里乌斯的疑惑盖过了昴的迟疑。

“其实……什么？”

“不，其实……”

“昴。”

要是昴谎称他观察出了雷德的软肋，立刻会被由里乌斯识破。所以，昴听见由里乌斯简短地叫了他一声，便放弃了狡辩。

“你和安娜塔西亚小姐倒下后，爱蜜莉雅通过了测验。不过，其实……爱蜜莉雅不是单纯硬碰硬击败他的。在各种各样的偶然因素的作用下……毕竟爱蜜莉雅很特殊嘛。”

从结果来看，单纯称其为胜利有一点牵强。

从测验的角度来看，爱蜜莉雅让测验官雷德认可了她的觉悟和实力，但实际情况除非亲眼所见，否则很难说明。

毕竟除了爱蜜莉雅，没人能以同样的战术获胜。

“总之，在各种复杂因素的共同作用下，爱蜜莉雅最终通过了测验。只不过，那家伙表示只允许通过的人过去，如果要让我们所有人都上去，所有人都得赢才行，就跟爱蜜莉雅一样……那家伙实在太坏。所以，我们必须制定战术。我必须让他同意我和碧翠丝一起上，否则我根本没胜算。梅莉说到底根本没理由挑战测验。我要和他谈，让他认可……我心里好沉重。我是说，你再跟他打一场也不是毫无胜算，只不过不能像这次一样，下次你要听我的指挥……喂，你在听吗？由里乌斯，喂？”

昴一股脑说了好多，由里乌斯没有回话，这让昴感觉不对劲。昴呼唤由里乌斯，叫了几声，由里乌斯轻轻屏住呼吸，说道：

“啊，嗯，没事，当然在听……这样啊，爱蜜莉雅大人通过了。”

“怎么感觉你慢了几拍……没错。既然有先例了，那就表示通过测验并非完全没戏。你的心理包袱别太重了。”

“心理包袱……既然爱蜜莉雅大人通过了测验，那就表示他……‘剑圣’雷德绝非无法逾越的障碍。明白了这一点是极大的收获。”

“哦，哦，没错。就是说嘛……你只要明白就好。”

昴担心由里乌斯受刺激，心惊胆战地说明道。可是，他没想到由里乌斯坦然接受了爱蜜莉雅通过测验的事实，这让他感觉自己瞎操心——不，这样才对。

自己在这个障碍上栽了跟头，另一个人却跨越了这个障碍。

根本不必担心由里乌斯会被这个事实搞得心烦意乱。昴过于期待由里乌斯展露出脆弱的一面。或者说，昴不该以自己的标准衡量由里乌斯·尤克历乌斯这位骑士。

昴心生感慨，由里乌斯则长叹了一口气。

随后，由里乌斯轻快地说道：

“好了，是时候放我下来了吧。要是一直在你背上，总会头晕恶心。毕竟你跟地龙不同，你没有‘避风加护’。”

“忍一忍，你就心怀感激乖乖让我背你吧。背着你确实很辛苦，但我还不至于无情到让挂彩的人自己走，那样会被爱蜜莉雅炭训斥。”

昴摇摇头拒绝了由里乌斯的要求，扭了扭身体，背好由里乌斯。

今天，由里乌斯的身体被“剑圣”雷德摧残了两次。他第一次战败后，没有接受充分治疗就再次发起挑战，他的身体应该已经接近极限了。

哪怕雷德的招数只是为了挫由里乌斯的锐气，由里乌斯也伤得不轻。

所以昴下定决心，要背着由里乌斯走完剩下一半路，也就是大约两百级阶梯，但是——

“不行，我不能让你这么辛苦。如果我昏迷不醒，让你背着也好，可是我已经醒过来了，能自己下台阶。”

“逞强就太没意思了。再说了，你现在抗拒也晚了。你要是觉得让人看见我背你很难为情，那你大可不必担心，当时在场所有人都看见了……只有昏迷的夏乌拉和安娜塔西亚小姐没看见。”

“正因如此，绝不能让那两个人看见我这副模样，尤其是安娜塔西亚大人，放我下来。”

“别强词夺理啊，说到底——”

“喊你放我下来，听不懂啊！”

由里乌斯突然怒吼道。

“咦？”

吼声冲击着昴的耳膜，昴的肩膀猛地撞上了台阶旁的墙壁。

由里乌斯挣扎起来，好在昴的身体随即抵住了墙壁，如果昴反应慢，不小心从台阶上掉下去也不足为奇。

然而，昴只顾得上自保。

“唔。”

“你这……混蛋！到底在想什么啊！”

昴靠着墙转过身，只见由里乌斯倒在下面不远处的台阶上。他从昴的背上摔了下来，顺着台阶滚落下去。

“我就说嘛！喂，待在那别动，笨蛋。我这就过去……”

“别过来！”

“我自己能站起来。不需要帮忙。”

昴正准备冲下阶梯，不禁停下了脚步。

由里乌斯手肘撑着地面，伸手制止了昴。他深深呼出一口气，绷着侧脸勉强撑起身体。

由里乌斯靠着墙壁，用背抵着墙，慢慢地、慢慢地直起腰，伸直膝盖，最后贴着墙站了起来。

“我没说错吧？我能自己站起来。”

由里乌斯的语气透着几分自暴自弃，昴一时说不出话来。

由里乌斯就势转过身，右半身靠着墙壁，慢吞吞地下台阶，步伐慢得像婴儿爬行。

由里乌斯一步接一步，用力踩在地上。

“感觉会多花一点时间，不过还用不着麻烦你，我更担心楼下的女生们，我真觉得不止你一个人出来找我。”

由里乌斯迈出一步，然后又一步。

“你要是方便，能不能先下去跟她们说一下？只不过，具体情况还得我来解释才合乎情理。你只需告诉她们找到我了，让她们放心就行了。”

由里乌斯慢慢地、慢慢地迈出每一步。

“我必须承认，一想到必须给她们一个说法就觉得心情沉重，但我非走上这条路不可。你只要能把这条崎岖的道路弄得稍微平整一点，对我而言就是偌大的恩情。只不过，你或许不想再给我更多恩情了吧。”

由里乌斯想靠自己走下阶梯，头也不回，径自继续说道。

尽管由里乌斯步履蹒跚，但还是跟站在原地的昴稳稳拉开了距离。

只要想追，昴随时可以追上。要想满足由里乌斯的心愿，就必须抢在他前面走下楼梯——所以，昴迈出了脚步。

“先跟爱蜜莉雅她们说一声就行？”

“嗯，没错。如果安娜塔西亚大人已经醒了……不，还是算了。总之，我想拜托你。”

昴快步走下阶梯，轻松追上了由里乌斯。听见踩在阶梯上的脚步声，由里乌斯放心地呼出一口气，催促昴赶紧下去。

不，不是“赶紧下去”，而是“求求你先下去吧”。

昴自认为多少能够理解由里乌斯急切的心情。

昴和爱蜜莉雅她们不同，立刻明白了由里乌斯为什么要去挑战雷德，此刻昴理解他的理由就和当时一样。

想必这和昴以前的心情有几分相似。

所以，昴那时——

“啊，该死！该死该死该死！混账！你和我都是混账！”

昴烦躁地破口大骂，快步踩着楼梯朝由里乌斯跑去。

昴并非想先由里乌斯一步跑下台阶。由里乌斯正靠着墙壁，步履蹒跚地走着，昴一把抓住他的左臂，粗暴地搂着他的肩膀，撑起他的身体。

“什么……昴，干什么……”

“少废话！一个人能站起来个屁啊！一看你就站不稳！我怎么能丢下你，让你自己走！不然用不着爱蜜莉雅骂我，我自己都会讨厌我自己的！”

“可是，我……”

“说实话，要是能不出手帮你，我也不愿意帮你。我的双手本就攥着太多东西，根本腾不出来。你要是真不想让我帮忙，就别走得摇摇晃晃的，搞得我都看不下去了！”

昴唾沫飞溅地怒吼，让由里乌斯无言以对。

由里乌斯丧失了刚才甩掉昴的力气，眼见他犹豫着要不要抵抗，昴立刻用肩膀硬扛着他迈出了脚步。

“我不会自以为是地说看穿你心里打的算盘了。但是，现在根本没必要让你独自走下这台阶，没必要让你独自走下这长得要命的台阶。肩膀借你用一下无妨，而且我也没把这当成你欠我的。”

根本不存在相互亏欠。

真要这么说，那昴不知道亏欠了由里乌斯多少。

第一次亏欠由里乌斯就是在王城练兵场。

由里乌斯明知道赢不了，还是要挑战雷德，昴明白其中的缘由。

那时的由里乌斯和那时的昴一样。

那时昴明知道毫无胜算，还是向由里乌斯发起了挑战。不管被打趴下多少次，不管被揍得多么惨，昴依然不吸取教训，一次又一次地发起挑战。

因为除此之外，再无办法发泄涌上心头的激情。

而那时，昴在那里经历的一切都已无法挽回，他在那里和爱蜜莉雅争吵，在那里和爱蜜莉雅诀别，他落单了，痛苦不堪，恨不得痛哭一场——

所以，昴怎么可能让由里乌斯独自走下楼梯。

昴内心深处炽热无比，和那时一样。

但和当时不同的是，昴不知道该如何发泄这股激情。

“昴。”

“什么事？”

“对不起。”

“话真多。”

昴回答道，心里生怕由里乌斯把他的回答当成泄愤。

二人就这样慢慢走下台阶，回到了第四层。

十多分钟后，爱蜜莉雅看见二人，总算安下心来。

The only ability I got in a different world "Returns by Death"
I die again and again to save her.

第六章 塔内共同生活的推荐

1

“由里乌斯一定要老老实实待在这里，养好伤才能走！绝对的绝对！”

爱蜜莉雅把遍体鳞伤的由里乌斯硬推进“绿房间”，大声训斥道。

由里乌斯搭着昴的肩膀，走下从第二层“厄勒克特拉”通向第四层的漫长阶梯。迎接二人的爱蜜莉雅刚放下心来，立刻就上演了这一幕。

能快速转变心态是一种美德，不容分说的做法也让人庆幸。爱蜜莉雅雷厉风行，既不问理由，也不让由里乌斯解释。按理来说，她应该有很多话想和由里乌斯说才对。

“必须说的事，昴肯定已经说过了。所以，现在就好好休息，其他问题晚点再说也行。没错吧？”

由里乌斯坐在草织就的床上，昴耸耸肩对他说：“听见没？”爱蜜莉雅手叉着腰，大喘粗气的样子也非常可爱。

“这是当然。我给你和爱蜜莉雅大人添了太多麻烦。事到如今，我怎么还能恬不知耻地违抗你们的吩咐，我当然会乖乖听话。”

“一句‘我知道了’就能说清，非得说这么长……”

“真的是！你不用担心我们。受伤的是由里乌斯，必须好好静养才行！给我们添多少麻烦都没关系。因为我们是同伴啊。小帕特拉修，由里乌斯就交给你了。要是他又想乱来，你就大叫，把我们喊过来。”

爱蜜莉雅打断了由里乌斯委婉的道歉，嘱咐房间深处——在“绿房间”养伤的帕特拉修。

由于“绿房间”能容纳的伤者有限，如今伤者增加，昴和爱蜜莉雅便不能留下了。所以，让在房间内接受精灵治疗的伤患看着周围人才是最佳选择。而这一次，帕特拉修承担起了这个任务。

“竟然让爱蜜莉雅大人说到这个份上了，真是太惭愧了。我就老老实实地低头做人吧。”

“一旦失信于人，再想挽回就难了。在这方面，没人比得过在信誉部门总是处于顶级的帕特拉修。要是他敢轻举妄动，你不用客气，直接上嘴咬。”

帕特拉修叫了一声，欣然接受了嘱咐，它是爱蜜莉雅阵营中最“通情达理的女生”，眼中透着自责，像是在责怪自己先前任由里乌斯独自离开。

“看嘛，帕特拉修也说了，‘下次绝对不会让他跑掉’。”

“不知为何，感觉它真是这样说的，好神奇啊。”

“不过，据我们精通双语的武斗派内政官所说，大致上是这个意思。只不过帕特拉修毕竟是淑女，可能会用‘人家’。”

好在昴和帕特拉修心有灵犀，最近就算奥托不在，昴也能理解帕特拉修的心情。说着，帕特拉修用尾巴拍了拍昴，让昴感叹少女心实在是太复杂了。

“我就老老实实在这养伤吧。像这样在少女的陪伴下悠然静养也相当奢侈。”

“提醒你一下，除了安娜塔西亚小姐，屋里的女孩都是我的人。”

“我不是昴的人……我想了一下，昴是我的骑士，所以昴应该是我的人吧？”

“这评价真的让人又开心又难为情啊！”

爱蜜莉雅把手指贴在嘴唇上说道，换个角度来看，这番话显得相当大胆，让昴心中喜忧参半。这时，他又望向留在房间里的由里乌斯。

翻越烦恼的大山需要一定的时间，但是昴想确认一下，由里乌斯的内心是否还有余力迈出第一步。

“总之，你先在这里休息。若你想起刚才的事，也许恨不得抱着头在地上打滚，不过你可别忘了帕特拉修都看着哟。”

“放心好了。我不会出这种丑的——毕竟不优雅。”

“看来你找回平常的状态了。”

“呵。”

眼见由里乌斯的应答有他平日的风范，昴暂且放下心来，露出了微笑。

昴庆幸没让他独自一人走完漫长的阶梯。

要是这样多少能让他心里好受一点，那昴从王城当众出丑那件事中吸取的经验教训也算没有白费。

“帕特拉修，拜托你咯。”

最后，昴叮嘱了爱龙，和爱蜜莉雅离开了“绿房间”。

离去之际，帕特拉修靠向由里乌斯，昴能感受到它监视由里乌斯的架势让由里乌斯在苦笑。不愧是帕特拉修，忠于指令，真是贤龙。

由里乌斯精神状态平稳，帕特拉修忠于主人，留在“绿房间”的人员暂且不需要担心。

“要不要冻住门，把他们关在里面啊？”

“爱蜜莉雅炭无尽的想象力总是让我很惊讶，不过我想把这当成最终手段。这么做要是激怒‘绿房间’的精灵就不好了。”

“嗯，也是。嘿嘿，我只是随便说说，开玩笑啦。”

爱蜜莉雅俏皮地吐了吐舌头，为玩笑道歉。昴眼见她的反应，扬起嘴角，并未说出他已经把这当成一个备选方案了。

“总之，‘绿房间’的伤者就交给房间的精灵好了。据我观察，帕特拉修的伤恢复得也挺好，由里乌斯应该也不需要太久就能恢复。”

“嗯，是啊。由里乌斯的伤……没有看上去那么严重，我觉得很快就能好。看来这就是雷德的作风。”

“很会手下留情吗？不能让由里乌斯听见啊。”

爱蜜莉雅谨慎地说道，昴挠着头赞同了她的推测。

虽说用木棍当武器十分胡闹，但雷德的棍法出类拔萃，可以把由里乌斯这等强者当孩子耍。

初代“剑圣”“贤者”和神龙齐心合力击败了“嫉妒魔女”，雷德是其中一位功臣——既然他拥有这个头衔，是传说中的英雄，那就不难理解他为什么如此强悍了。

只不过，他的人品是否配得上“传说中的英雄”这个称号，他本人是否受人敬仰，那就另当别论了。

“总之，我们要商讨的问题是……”

“必须在骑士由里乌斯的伤恢复前想办法通过第二场测验，对吧？”

这时，一声冷冷的话音打断了昴和爱蜜莉雅。只见拉姆背靠着通道的墙壁，正等待二人回来。

“绿房间”已经满员，拉姆只得在通道等待。昴见拉姆一语中的，揉了揉脸，问道：

“我的面部表情有这么丰富吗？这么容易就看穿了我的内心。”

“巴鲁斯只是把忧虑全写出来贴在了脸上而已。巴鲁斯现在担心的人、担心的事全在这房间里，十分显而易见。”

“才不是。我不仅担心房间里的人，还担心一起来的人。爱蜜莉雅炭和贝亚子自不用说，我也担心你，姐姐大人。”

“哈！”

昴竖起拇指答道，拉姆却对此嗤之以鼻。

眼见拉姆转身就走，昴噘嘴闹起别扭来，一旁的爱蜜莉雅见状掩着嘴角咯咯笑道：

“放心吧，拉姆理解你的心情。”

“我觉得这要求太高了，不过连爱蜜莉雅炭都这样说了，那就当是这样吧。”

昴用余光望着微笑的爱蜜莉雅，扭响脖子，追上了拉姆。拉姆要去第四层的一个小房间。

昴迈进房间。

“好慢呀，让贝蒂等太久了。由里乌斯没事吧？”

“放心好了，姑且算是翻过山岭了吧。毕竟他这家伙责任感强得过分，估计会很烦恼吧……不过，他不会自暴自弃。”

“既然昴这样说，看起来还可信。这样一来问题就只剩一个了，我们身上的担子轻多了。”

碧翠丝问过由里乌斯的安危，板起了脸。昴也认可了碧翠丝的意见，随后环顾了一遍房间。

第四层有好几个空房间，不过这里是昴等人用来存放行李的房间，同时也算是攻略普勒阿得斯监视塔的据点。

昴、爱蜜莉雅、拉姆、碧翠丝在据点盘腿相视而坐，还有——

“我想请你详细说明一下那个混蛋，夏乌拉。”

“哇，师匠好可怕！不过，不过，人家不讨厌师匠对人家这么严厉。正所谓嘴上说讨厌也算心里喜欢。”

“听见没，师匠？真下流。”

“大人，冤枉啊！”

夏乌拉扭来扭去，梅莉在她身旁，夏乌拉身边已经彻底成了她的固定位置。夏乌拉出人意料的言行举止引得拉姆给昴扣黑锅也成了固定戏码。

“不管怎么说，先谢谢大家帮忙找由里乌斯，辛苦了。我觉得就算喊他别放在心上，他事后肯定也会道歉的，总之他平安无事就好。”

“好啦，我跟由里乌斯也说过，只要能平安把人找回来就好，是吧？大家也这样想吧？”

“拿爱蜜莉雅大人的想法衡量拉姆就不好了。”

“啊？什么意思！”

昴率先发言，正准备主持谈话，爱蜜莉雅和拉姆之间立刻出现了分歧。

“单听巴鲁斯汇报的情况，来到监视塔的所有人都需要通过第二场测验。然而，骑士由里乌斯竟然擅自决定发起第二次挑战……稍有差池，就有可能导致跟安娜塔西亚大人阵营的合作关系出现裂痕。”

“由里乌斯一个人的行动有可能导致所有人挑战失败吗？”

“是的。如果真的演变成那样，前面的付出就全白费了。第二层的测验官会不会放大家活着回来都是个问题……那边的假‘贤者’也一样。”

拉姆向爱蜜莉雅解释着，还瞥了一眼夏乌拉。夏乌拉或许没想到矛头会对准自己，只见她指着自己问道：

“在说人家吗？说人家是‘假贤者’真的太伤人了！人家可没说过自己是‘贤者’！人家的名字只有夏乌拉！这是师匠给人家取的，人家对师匠很专一的！”

“真专一啊。听见没，师匠？”

“别看着我说啊……你说得倒也没错。”

尽管拉姆话里带刺，但不妨把她的推测看成最坏的情况。由里乌斯的行动令全体成员陷入了危险。

就算考虑到他没有完全掌握第二场测验的概要——正是因为考虑到这一点，他的举动反而显得很轻率。

“拉姆不敢说那不像骑士由里乌斯的作风，毕竟拉姆很不了解这位骑士。就算考虑到‘暴食’的问题也一样，拉姆也以为骑士不会干出那种事。”

“这个嘛，我也是这样想的……不过我的理由不是不了解他。他这次闯祸，就相当于男人得了麻疹。”

“谁都会得一次这种病。”尽管昴不知道这个词适不适合形容由里乌斯独断的举动，但人长大了再得麻疹和水痘很伤身体。

千钧一发之际，问题就更严重了。

“没有招致不可挽回的后果……我这次就不计较了。”

“拉姆只是不想被别人害死。”

拉姆将视线从昴身上移开，嘀咕道。

“大家只想吵架，还是想商量事？到底想怎样，赶紧定下来，我可奉陪不下去了。”

周围弥漫着一股火药味，梅莉打破了众人间一触即发的气氛。她靠着夏乌拉，把玩着自己的麻花辫，懒散地看着房间里的众人说：

“尽量别吵架了吧？我既不喜欢痛，也不喜欢担惊受怕。”

“你啊——不，你说得很对，所谓旁观者清，幸好你提醒了我们。”

“是吗？嘿嘿嘿，那得感谢我啊。”

梅莉听到昴向她道谢，露出年幼少女天真无邪的微笑。

虽说梅莉尚且年幼，但她置身事外，所以她的意见很重要。回想起来，昴一行人也是听了她的提议，才从第二层的“测验”撤退。

“拜托你今后也这样，客观的意见很重要。”

“嘴真甜。说得再好听都没用，穿越完沙海就没我事了，我也帮不上其他忙了。”

“未必呀？毕竟出主意的人越多越好，能在沙海活下来也一样，大家在塔里得生死与共。你就当倒大霉，让我依赖你吧。”

昴理直气壮地说要依赖梅莉，这令梅莉目瞪口呆。

“我算是明白小佩特拉为什么总担心了。”

“佩特拉怎么了？”

“没什么。这不重要，你不是有话要问光溜溜的大姐姐吗？”

梅莉将脸扭向一旁，站起来使劲推夏乌拉的背。梅莉纤细的胳膊推不动夏乌拉，只见夏乌拉乐呵呵地主动上前，在昴面前跪地而坐，当场磕头。

“小女子不才，望师匠永远不离不弃。”

“看你这么讲道理，这事好办多了。那么，你就回答我几个问题当彩礼吧……好痛，好痛，好痛！爱蜜莉雅炭？贝亚子？为什么要从两边掐我的肋部？”

“没什么。”“不为什么啊。”

虽然昴无法忍受两人平白无故地掐他肋部，但爱蜜莉雅和碧翠丝的态度让昴犯愁，他不知道该不该继续问下去。

“总之，上面那人肯定是雷德·阿斯特雷亚。我想问问你这个当年就在的活证人，那家伙是怎样一个人啊？”

“他就是个人渣。”

“你之前已经说过了，我们也亲眼所见。”

夏乌拉撇起嘴追忆故人，表情与她姣好的面容极不协调，且不说故人就在同一个建筑物的上层，照此看来肯定不是美好的回忆。

毕竟夏乌拉一看见他的脸就口吐白沫昏过去了，两人的关系当然不好。

“我们无论如何都得过他这关。为了攻克第二层测验，提示越多越好。”

“能想到什么就尽管说出来。‘剑圣’雷德的性格、习惯、人际关系、喜欢的东西、讨厌的东西、弱点。对了，希望你能说下他的弱点，快说。”

“好咄咄逼人啊！人家要是知道他的弱点，早就去报复他了，也就是说，他没有弱点！”

“嘁，真没用。”

“感觉这女的比师匠还拽啊……”

夏乌拉见拉姆态度蛮横，轻声嘀咕了一句，噘起了嘴。拉姆瞪了她一眼，夏乌拉立马缩脖子，灰溜溜地躲到了昴身后。

“为什么要躲起来啊？你肯定比拉姆强啊。”

“这不是谁强谁弱的问题，估计是因为师匠害怕了，人家跟师匠心连心，师匠害怕，恐惧就传染给人家了。”

“那是你胆小，别怪到我头上。”

背后的柔软触感让昴心神不宁，他抓住夏乌拉的脖子，见夏乌拉不愿挪地方，便只好硬把她拽了过去。

于是，“我问你答”又开始了。

“我问你……到头来，你对测验一无所知，对吗？”

“倒不是不知道，只是现在说破为时尚早。恐怕解开塔的谜题之时，所有答案都会水落石出吧。”

“这样啊……真是非常激动人心啊。”

“爱蜜莉雅炭多单纯，别糊弄她。”

“就算不知道‘剑圣’的弱点，你总知道他的习惯吧？如果他战斗时有自己的习惯，或许能从中找出突破口。”

“习惯啊，说起来，人家为了报复雷德性骚扰去找他拼命时，那家伙很喜欢在战斗中挠屁股！这算习惯吧？”

“八成只是在耍你玩……”

“还有就是，他对美女毫无抵抗力。据人家推测，只要是美女就能过关。”

“这样一来，就只有我和由里乌斯没法过关了……事态很严峻。”

“换……换个角度看，昴，只要努努力，把他的眼睛弄瞎，过……过关，肯定……应该也不是没有一点希望呀……”

“你好可爱啊。”

翠碧丝安慰着昴，昴抱紧她，有一搭没一搭地和她聊天，来回揉她的头。

“总之，爱蜜莉雅能获得认可纯属偶然。因为他大意了，而且对手是爱蜜莉雅，所以爱蜜莉雅才能打中。”

“为什么？”

“如果爱蜜莉雅攻击时带着杀气，应该就打不中他了。所以这场胜利得归功于爱蜜莉雅自己，还得怪他大意。”

“咦？这是在夸我吗？”

“是夸你。”

“啊，果然没错。嘿嘿，谢谢。我非常开心。”

碧翠丝的推测中夹杂着几句称赞，这令爱蜜莉雅很开心，她忍不住和昴一起摩挲碧翠丝。

“不过，他会根据对手流露的杀气调整战术，乍一听还挺帅，真人却是那副德行，真不知道他有几分认真。”

“应该用逆向思维。巴鲁斯说得没错，面对不知道有几分认真的对手，就不能让对手认真。”

“不能让对手认真？”

拉姆听见昴嘀咕，若有所思，昴皱起了眉头。面对昴的疑问，拉姆沉思道：

“是啊。爱蜜莉雅大人能获得测验官的认可，是因为爱蜜莉雅大人逼对手做出了让步，并在此基础上满足了条件……通过测验的条件还真够敷衍的。”

“条件确实模棱两可，这也反映出了测验官的性格。”

“所以要取悦测验官，提出过关的条件，并在此基础上打败测验官，这就是突破第二层的条件。”

听了拉姆的解释，昴在心中拍了一下手，恍然大悟。

爱蜜莉雅提出的条件是“你只要挪一步就算我赢”，她发动铺天盖地的攻击，侥幸取胜——更何况雷德一时大意，这才让她有机可乘。基本可以认为，众人不可能靠武力取胜。

“但是，向他提议猜拳决胜也不现实吧……”

“找……找出雷德能够接受的条件，并朝这个方向努力……这场测验果然也很困难，得先攻克这个难题才行。”

“感觉不是困难，而是不同于第三层的坏心眼测验。”

才考验完智力——考的还是这个世界没有的知识，本以为这次考验的是武力，却让这个世界最强的剑士迎战，到头来测验的核心在其他方面。

换句话说，第二层的“测验”主题虽然不同于第三层，但是毫无疑问，“测验”将建造监视塔的“贤者”的坏心眼展现得淋漓尽致。

剩下的就是……

“这样也挺好的吧？用不着这么急，慢慢来呗。”

“慢慢来就不好办了。”

夏乌拉盘腿而坐，环顾众人，不以为然地说道。见状，昴皱起眉头。不过她并不介意，眼中闪耀着灿烂的光芒：

“师匠，不管你们想待多久，都可以一直、一直在这里待着。毕竟人家等师匠来，都等几百年了。”

“这……”

“花多少时间都没关系，只要能顺利通过‘测验’就行。人家会一直观望的——不管要花多少天、多少年，就算几百年也没关系。”

夏乌拉的弦外之音包含着沉重的深意，昴一行人无法将她的话当成玩笑一笔带过。

她毫不在乎，她面带笑容，话里话外对昴等人——不，只对昴怀有善意，她在这里度过了四百年光阴，一字一句听起来格外沉重。

她恪守“贤者”的嘱托，一直身为守卫在这里守护监视塔，她的付出多么沉重。

她说过，无法通过全部测验就严禁离开塔。如果违背禁令，哪怕昴是她仰慕的师匠，她也绝不会手下留情。

她怀有好意，态度亲切，但这并不代表她是昴的伙伴。

在攻略普勒阿得斯监视塔时，负责守卫星座的她——

“在这里跟人家一起开开心心地生活就行了！”

她的笑容让昴深刻意识到，她绝非可以信赖的伙伴。

2

到头来，第二层“厄勒克特拉”的攻略会议得出结论，众人决定暂缓攻略第二层。

因为商谈时没能得出具体的攻略方案，不过，最大的原因是昴肚子饿了。

“仔细想想，我昏迷了整整两天，刚醒过来就立刻开始攻略塔……那我肯定饿得前胸贴后背啊。”

商议陷入僵局，肚子发出了巨大的响声，昴这才认识到自己饿得要命。

饿着肚子不一定没法打仗，但饿肚子总会妨碍人思考。结果，众人听到昴肚子叫得咕噜响，决定先散会。

“说实话，肚子叫得还挺是时候……”

攻略第二层的办法暂且不说，众人大致摸清了监视塔测验的出题倾向。在看清出题者的坏心眼后，夏乌拉的危险性也同时显现出来了——以她的实力，原本应该将她视为定时炸弹，但她看起来脑袋空空，而且总黏着昴，一举一动冲淡了众人的紧张感。

“在这里跟人家一起开开心心地生活就行了！”

不管多少天、多少年，就算是几百年也没关系。

夏乌拉大言不惭，昴终于发现他差点把危险抛到脑后，只是他不知道该不该把夏乌拉当成威胁。

“虽说没这个打算，但如果我们放弃攻略塔，选择逃离，她一定会遵守规则，与我们反目成仇……”

这是昴不愿见到的，他难以战胜夏乌拉，也不想与夏乌拉为敌。

更何况监视塔危机四伏，昴一行人难免提心吊胆。

昴一行人前往普勒阿得斯监视塔，路上花了一个多月。就算众人能势如破竹地攻克“测验”，等他们攻略完监视塔，假设返程也需要同样的时间，那这趟旅程最少也需要将近三个月。

当然了，若在塔里滞留太久，就要中途撤退了，这样会与夏乌拉为敌，大家不想这样，但爱蜜莉雅和安娜塔西亚参加的国王选举是有期限的。

总共三年——现在过去一年多了，剩下的期限不到两年。

耗费时间自然可惜，毕竟能用的时间不是无限的。

“但是，总担心第三天就会钻牛角尖了。目前的首要任务

是过好第二天呀。为此……”

“意思是现在得先填饱肚子吗？”

“对啊。”

碧翠丝竖起手指，肯定了昴的话。

昴的肚子咕咕直叫，打断了会议，但现在饭菜还没出锅，于是昴在塔内——在第四层居住区到处闲逛打发时间。

碧翠丝紧紧牵着昴的手，和他一起散步。

二人之所以每隔一段时间会手牵手，是因为昴的门有问题，契约精灵碧翠丝要定期从昴身上吸取玛娜。除此之外，翠碧丝也想和昴牵手，这与名目无关。

“而且这两天我一直在昏睡，这段时间你也很不安吧？今天你可以安心向我撒娇了。”

“别说傻话呀，贝蒂无非是为了多吸取一点玛娜来弥补你昏睡时没吸收的。尤其是在塔里的时候，贝蒂希望时刻保持最好的状态，可不想出现准备不足的情况。”

“你嘴上这么说，其实在我昏睡的时候，你即使不吸取玛娜，也一直握着我的手吧？”

“这跟玛娜没关系，贝蒂是为了满足自己的心，所以没关系呀。”

碧翠丝挺起胸膛，表示跟吸取玛娜无关，但这样反倒更让人忍俊不禁，还让人很难为情，昴听了没有搭腔。

不管怎么说，昴举双手赞同碧翠丝的想法。

昴和碧翠丝合作的好处是能使出小招式。不管是在第二层的测验，还是在第一层未知的测验都有用武之地。

“好，贝亚子，不用在乎我。你就使劲吸取我的玛娜，变得胖嘟嘟吧……”

“就算吸取大量玛娜，贝蒂也不会变得胖嘟嘟的！而且，再努力也没用，昴的玛娜本来就微乎其微呀。”

“喂喂，那我该怎么办啊？”

“所——以——说！至少要吃饱饭，好好休息，恢复体力，储存玛娜，还有就是好好陪贝蒂。这才是昴的使命。”

“我还没痊愈，好久没理你，你话里是不是夹杂着一点真心话，像好寂寞……哦？”

昴脸上浮现出半喜半忧的神情。这时，通道前方突然出现一个人影，人影走向二人，原来是爱蜜莉雅来了，只见她睁大眼睛“啊”地叫了一声。

爱蜜莉雅手上拎着银色金属容器——水桶。

“水桶啊，爱蜜莉雅炭在这种时候也好卖力啊，练歌吗？”

“嘿嘿，说什么呢，昴真是的。水桶老师的确总陪我练歌，但我清楚现在不是练歌的时候。”

“也对。那你为什么要拿着水桶啊？”

“为了让水桶老师做本职工作。”

面对昴的疑问，爱蜜莉雅露出得意的微笑，将水桶举到昴面前。只见水桶装满了水，原来如此，水桶老师干回了本职工作。

只不过，干了本职工作的水桶让昴产生了疑问。

“这些水是从哪冒出来的？塔周围只有沙海吧？”

“你错了，昴，在离塔很远很远的地方应该有大瀑布，那里的水非常多……”

“你大老远跑一趟，只为了给我打一桶水吗？”

“只要是为了昴，这点小事在所不辞，不过也不是，其实‘绿房间’的精灵能产出干净的水。”

爱蜜莉雅看上去很得意，像是在夸赞精灵很厉害，不过她道出真实目的之前说过一句话，昴听了很开心。

“为了昴，就算要去大瀑布打水也在所不辞”，这句话让昴无比开心。

“我要好好品尝这份喜悦，不过……那房间里的精灵真的好厉害啊，不光能疗伤，连这种事都能办到。”

“如果只是要水，我和碧翠丝也能用魔法搞定……”

“瘴气对沙丘和监视塔一带的影响太深了呀，避免用长期接触瘴气的玛娜制造饮用水才是明智之举。”

碧翠丝补充道，昴听过之后便明白了。

在迄今为止的旅途中，一行人的饮用水都通过魔法自给自足。只要有玛娜，就没必要特地费力气搬水，这将魔法的便利性表现得淋漓尽致。

“虽说不是大气污染，但瘴气有可能导致玛娜污染，喝下去还是对身体不好？”

“不知道身体会不会出现剧烈变化呀。但是，如果摄入过多，体内便会残留大量瘴气。最不济可能会变成昴这种吸引魔兽的体质呀，那就太可怕了。”

“我自己说可能不太合适，其实这体质还挺受罪的……”

虽说昴每到重大场面都会利用这体质，但是除了关键时刻，这种体质应该派不上用场。非但如此，如果昴上山远足，他没走几步就可能被魔兽包围，这么一看，不是这种体质更好。

“所以水要尽量用‘绿房间’的精灵净化过的泉水，昴昏睡的这两天也在用这种水。”

“哦？原来是这样啊。”

二人解释了普勒阿得斯塔内的生活环境，昴头一次听说，感叹不已。

“话虽如此，就算解决了水的问题，食物还是有限的。毕竟进入沙丘前，我们在镇子买的粮食顶多能撑一个月。”

“嗯……是啊。”

“只不过，我也不打算在这地方待上一个月。”

爱蜜莉雅说着，眼中流露出一丝不安，昴向她露出微笑。

尽管时间有限，困难重重，但畏首畏尾也没用。

“毕竟才用了一天就……我出发晚了，准确来说这是第三天了，不过第一场测验已经通过了，爱蜜莉雅也轻松通过了第二场。”

“可谈不上轻松……”

“这会儿你就该撑撑门面，嘴上说轻松过关就好。”

昴神气地向一本正经的爱蜜莉雅竖起手指，拉了一下碧翠丝的手，下巴抵在眼前少女的脑袋上。

然后，昴和碧翠丝同时仰望着爱蜜莉雅。

“哪怕对手是过去最强的‘剑圣’也没关系，凭我的小阴招和碧翠丝的力量，非得把那眼罩性骚扰筷子混蛋当猴耍，我们肯定一眨眼就能通过测验。”

“是呀，非得把他当猴耍。”

“当猴耍……”

“这年头已经没人说当猴耍了。”

“你们耍赖！刚才那词！明明昴和碧翠丝才说过！”

昴和碧翠丝联合设下的陷阱让爱蜜莉雅涨红了脸，她感到愤愤不平。

熟悉的段子又说出了新花样，爱蜜莉雅尽管耿耿于怀，但还是无奈地叹了一口气。

“嗯，明白了，我懂了。昴这样一说，我感觉这事就很简单了。不过，昴真是非常可靠啊。”

“嗯，你大可相信我、期待我、指望我、爱我，你的骑士就是为此而存在的。”

“就是啊。那就指望你了，我的骑士。”

“你刚才没有否认爱我的部分，搞得我好慌……”

爱蜜莉雅一语带过昴隐晦俏皮的表白，这让昴有些措手不及。只不过，就算爱蜜莉雅认真回应，昴也会慌乱，归根结底，只要昴不提这茬就没事了。

“现在才说有点晚了吧，让爱蜜莉雅炭打水不太合适啊，感觉这才是骑士的工作……好像不太对，应该交给主仆中的仆人来干。”

“没事的。虽然昴是我的骑士，但我并不希望我们是主仆。我希望昴陪在我身边，昴只要能做到这一点就行了。你身体刚好一点，这段时间就乖乖依赖我吧。”

“爱蜜莉雅炭！你这么惯我，我开心死了！”

“而且今天的晚饭轮到我做！我想一手包办！”

“哪句话听着都像真心话，这就是爱蜜莉雅让人捉摸不透的地方呀。”

碧翠丝见爱蜜莉雅跃跃欲试，叹了一口气。二人的态度一如往昔，这令昴倍感宽慰。

昴感觉受到了鼓舞，心想根本没工夫消沉。

3

“我没有地图，这么说可能不太合适，就算我拿着地图，我也想说这塔的布局很恶心。我讨厌这种在设计阶段就很不协调的建筑……”

昴借吃饭的时间和碧翠丝一起观察监视塔的布局，他在脑海中测绘出大致结构，不禁感叹道。

“听不懂你在说什么。说到底，测验的性质明明那么恶劣，你怎么事到如今才意识到塔的设计师性格恶劣呀？这也太后知后觉了。”

“啊！你敢说师匠的坏话！喂，小不点，人家的师匠建造了塔，你说他坏话！就算是小不点也不能宠，这样你只会越来越得寸进尺！这种时候就该好好骂一顿，不需要有大人的风度！以后多宠人家就好！”

“你好烦啊……”

夏乌拉摆出邀功的架势，揪着碧翠丝的失言不放。准确来说，碧翠丝根本不算失言，不过解释起来太麻烦了。

“喂，别总是胡闹，夏乌拉也老实点。”

“啊？人家无法接受，你偏心眼，你偏向小不点。”

“如果真的做错事了，昴一样会好好训斥她。而且，小孩受宠是理所当然的。我和夏乌拉都得忍耐。”

“理所当然地把贝蒂当成小孩，真让人无法接受呀……”

“算啦，算啦，这时候就要展现大人的肚量了。”

昴安抚着不满的碧翠丝，面露苦笑。

一行人再次在据点集合准备吃饭。除了昏睡的雷姆和安娜塔西亚，所有人都到场了，大家迎面而坐。

“在吃饭前我想说一件事，可以吗，爱蜜莉雅大人？”

率先开口的是最后来到房间的由里乌斯。

由里乌斯被关在“绿房间”专心养伤，他并不是肚子饿才来吃饭的。

面对由里乌斯的提问，负责主持的爱蜜莉雅点点头，说道：

“嗯，当然可以，请说吧，你不用征得我的许可。”

“安娜塔西亚大人不在，如今这里最该尊敬的人是爱蜜莉雅大人。而且，我的自私之举给大家添了麻烦。事到如今，我不能恬不知耻。”

由里乌斯听见爱蜜莉雅的表态，摇了摇头。他唇齿流利，吐字清晰。

看这郑重的态度、听这正直的想法，他终于有往日的风范了。但是，有人无法欣然接受他这番话。

“真是精神可嘉。真希望能早点明白。”

“拉姆……”

“又鲁莽又爱逞强的人有巴鲁斯一个就够了。平时一本正经，因此大家寄予厚望，结果倒先冲动行事，自然会让人失望，真希望今后再也不会出这种事。”

拉姆表情冷若冰霜，辛辣地评价了由里乌斯的独断行为。

拉姆的语气和眼神跟往常一样冰冷，但表情看上去比平常更加严肃，她平时会照顾别人的感受，可此时严厉的言行显得有些不近人情。

“拉姆，这话说得太重了。”

“对不起，爱蜜莉雅大人。拉姆今后会多加注意的。”

拉姆受到劝诫，老老实实认错了。拉姆绷紧了神经，说话重了些，但她本来不厌恶由里乌斯，也不憎恨他。

拉姆只是真心希望拯救雷姆，为此她愿意付出一切。

“我给拉姆女士和其他人添了太大麻烦。”

由里乌斯理解拉姆的心思，他觉得拉姆言行辛辣是自己罪有应得，决定引以为戒，所以没有反驳，只是低头认错，平息了事态。

由里乌斯占用大家的饭前时间，就是想来个了断。

他擅自离开与男人单挑，昴能隐约猜到他的真实意图，所以昴可以原谅他，但他能不能原谅自己就另当别论了。

要想迈出第一步，这场仪式是必不可少的。

“好了！由里乌斯已经道歉了。我愿意接受他的道歉。我认为这么做没什么不妥的，在我心里这件事已经过去了。”

爱蜜莉雅拍了拍手，接受了由里乌斯的道歉。昴自不用说，碧翠丝也点头赞同这番话。

“我嘛，想说的话已经跟他说过了，都说武士怜悯弱者，我就不再多说了。”

“武士怜悯弱者，贝蒂也赞同，你今后靠行动挽回就行了呀。”

“对不起。”

听见二人的回答，由里乌斯闭上眼睛咕哝了一句。

昴和碧翠丝表完态，梅莉也接受了由里乌斯的道歉。她席地而坐，把玩着自己的麻花辫说：

“人没死就行了吧？反正我也不在乎骑士大哥哥。”

“师匠都说‘no problem’了，那人家也‘no problem，no perso’。”（**注：‘no perso’为夏乌拉随口说的错误英语，无意义。**）

“‘No perso’就不对了吧……”

梅莉言语冷淡，她这番话不像关怀，更像真心话，而随后表态的夏乌拉恐怕也是真心不在乎。

只有拉姆没对由里乌斯的道歉表态。她既不表示原谅，也不表示不原谅，只是合上斗篷的前襟，低头看着饭菜。

由里乌斯也默默接受。除了由里乌斯，昴等人也一样。毕竟这是当事人之间的矛盾，外人不该插嘴。

“那就继续吃饭吧。今天的饭菜是我和拉姆做的。”

“没有用火，除了有点糙，应该还算一顿饭。”

“嗯，没错。还算一顿饭……还算一顿饭这说法是不是有点奇怪？”

爱蜜莉雅振作起来，率先开口。拉姆随后的补充令爱蜜莉雅很疑惑，不过她没再过多解释。

不管怎么说，经过这场风波，大家可以围坐在一起享用监视塔内宝贵的饭菜了。

其实这次旅行的成员中，只有昴和由里乌斯的厨艺还像回事。昴当过一年佣人，学过做饭，由里乌斯不管干什么都驾轻就熟。而让人意外的是，拉姆只要用心，也能做出像样的饭菜，满打满算，一行人中就这三个人会做饭。

另外，在前往普利斯提拉的路上，昴、奥托、加菲尔这三个男人是通过猜拳决定谁来做饭的。

“一直盯着饭菜，有意见不成？”

“没。我就是觉得虽说已经出门一个月了，但至今仍然不太习惯拉姆会做饭。”

“拉姆还以为巴鲁斯要说什么呢……”

昴意味深长的目光和解释令拉姆难掩无奈，叹了一口气。

“在宅邸的时候，拉姆不进厨房不是因为不会做饭，无非是不想做罢了。拉姆有时候会做蒸红薯，平时的饭菜都让给弗雷德莉卡和佩特拉做了。”

“这样啊……想想也是。”

“嗯，是啊……因为只有蒸红薯是特别的。”

拉姆面露难色，像是对自己的话怀有疑问。昴望着她的侧脸叹了一口气。

拉姆做家务处处不如雷姆，但是自从雷姆的记忆从世界剥离，昴才意识到姐妹工作能力上的差距并不是看上去那样。

其实，拉姆不仅能当好女仆，应该能胜任各种工作。失去雷姆后，拉姆在工作上有进步，恐怕不是因为能力有所改变。

也就是说，雷姆还在的时候，拉姆就是现在这样了，只要拉姆用心，就能做好。拉姆生性懒惰才一直不用心工作——绝非如此。

昴不想特地深究这件事。

拉姆现在肯定无法理解。与此同时，昴认为待雷姆平安归来，也不必谈论其中的真意。

“话说回来……虽说我早就想象到了，不过你这吃相真是一点教养都没有啊。”

“吧唧吧唧——啊？师匠，你刚才说什么？”

夏乌拉嘴里的食物把脸撑得圆鼓鼓的，她望着皱起眉头的昴，眨了眨眼。

虽说世上有不少人喜欢仗着自己容貌姣好，做一些失态的事，但夏乌拉格外失态，可以说她和莉莉安娜有一拼。

“光溜溜大姐姐真是的，吃相太恐怖了，你就这么饿吗？”

“不是饿，是太好吃了！人家本以为自己不太讲究吃喝，不过，就冲这个味道，人家甘愿拜半魔为师！”

“啊？拜师？拜我为师吗？学做饭？”

即使梅莉提醒过夏乌拉，夏乌拉也没有停下，一口吞下嘴里的食物。她忽然伸出手指，指向爱蜜莉雅，还对惊讶的爱蜜莉雅点了好几下头，说道：

“能做出这么好吃的饭，真是不简单。你骗不过人家的眼睛。人家也要提高厨艺，抓住师匠的胃，让师匠晚上没法睡觉。”

“你说出了你的野心。”

“夏乌拉，我理解你的心情。可是啊，烹饪之道非常艰险。如果你还是决心要拜师，我也会认真考虑一下。”

“爱蜜莉雅炭摊上这种莫名其妙的事，脸皮还挺厚。”

说到底，今天的饭菜有大约七成是拉姆做的，但爱蜜莉雅俨然一副精通烹饪之道的模样，而夏乌拉吃到粗茶淡饭就感动得不能自已，两人还挺滑稽。

“不过，食物的问题还挺让人头痛的……”

昴轻声嘀咕，感到伤脑筋。

夏乌拉嘴里塞满食物，喜极而泣，她的吃相激起了爱蜜莉雅的母性，让爱蜜莉雅等着给她多盛几碗饭。昴看着她们陷入了沉思。

一个月——这是考虑了余粮等因素计算出的限制时间。

“照这样吃下去，用不了一个月就得把粮食吃光……”

昴见识到夏乌拉的饭量后，如此嘀咕道。

4

大家吃完饭，用泉水洗完澡，擦净了身体就解散了，就寝的时间到了。

考虑到状况，昴一行人或许该结成攻略组，彻夜探讨攻略监视塔的方法，但就现状而言，很难想象能讨论出结果并找出突破口。

明天的问题交给明天的自己，这样想或许太过乐观。

“其实这问题也不是一拍脑门就能想出解决办法，还是多花时间想想办法吧。”

毕竟测验的内容特殊。昴一行人也许明天也想不出好办法，只好无谋地挑战第二层。

如果不想办法，直接拼个你死我活——要是真硬碰硬可就难办了。但至少可以肯定，测验官初代“剑圣”无意对一行人下杀手。

搞不好还能在对话中找到攻略第二层的线索，就像爱蜜莉雅一样找出妥协的点。

“为此也得留点力气思考，所以要好好吃饭，好好休息，以万全的状态挑战敌人。”

昴用双手拍了拍脸，甩掉不安，如此想道。

于是今晚就解散了。大家都回到用作寝室的龙车，准备睡觉，明天再战。

“昴，贝蒂跟爱蜜莉雅她们一起在龙车过夜。”

“好吧，抱歉，贝亚子。你可别熬夜，小心长不高，一直这么小……这样好可爱啊。好，你还是熬夜吧，贝亚子。”

“不用担心，贝蒂不会再长高了呀，永远都是这么可爱，早睡也不怕呀。”

昴打了一个哈欠，向碧翠丝挥手道别。道别之际，碧翠丝牵起爱蜜莉雅的手去睡觉了。

“爱蜜莉雅炭，贝亚子就交给你了。明天见。”

“嗯，明天见。昴也不能熬得太晚。”

爱蜜莉雅没有责备昴熬夜，只留下这一句话便走下大阶梯，向下层走去。昴目送二人离开，轻轻伸了一个懒腰，踏着响亮的脚步穿过第四层的通道。

昴的目的地显而易见，他要去门上遍布藤蔓的“绿房间”。

“是昴吗？”

“哦，是你啊。”

昴在房门前撞见了由里乌斯。由里乌斯见昴来了，不禁大吃一惊。

由里乌斯也想进入“绿房间”，眯起眼睛观察着昴的样子，很快恍然大悟，板起了脸。

“原来如此。看样子你也为同一件事来这里。”

“估计要找的人不一样吧……今晚要让给你吗？”

“不，该我让给你才对吧。回想起来，你昏迷了两天，今天早上才醒过来。虽说报过平安了，不过想必她晚上也备受煎熬吧。”

“这个嘛，既然你愿意让给我，那我自然不跟你客气。”

听着由里乌斯典雅的谦让，昴挠挠头，瞥了一眼由里乌斯。

昴看了看由里乌斯的表情，知道他没有勉强，不过昴本来就不太擅长揣摩他人的心思。如果他假装若无其事，那昴就看不透他了。

“你不在乎吗？你肯定很想陪在她身边吧？”

昴无奈地叹了一口气，坦言道。

见状，由里乌斯微微一笑，说道：

“这个呀，如果可以，我的确很想在安娜塔西亚大人醒来时陪在她身边……只不过，我不知道在她醒来时开口第一句该说什么，而且，我还很迷茫。”

“第一句不是该说‘我担心死了，谢天谢地，你醒了’吗？问题在于后面的话吧？至于这个……就看你怎么想了。”

“呵。”

“为什么要笑啊？我答得还挺认真的。”

昴回答得还算认真，不过看样子由里乌斯不太满意。见状，昴面露伤心的神情，由里乌斯转过身去，背对着昴。

“你的想法真自由，这让我很羡慕。”

“听着像在骂我傻，我有点冒火啊。喂，你要去哪里啊？”

“这里就让给你了，我回龙车休息，今天有点累。”

由里乌斯背对昴举起手，离去时如此说道。

由里乌斯表示有点累，究竟是委婉地表示挑战“测验”时受的伤恢复了一点，还是单纯在逞强？到头来，昴还是猜不透。

虽然昴很难猜透——

“由里乌斯，我觉得你还是在这等安娜塔西亚小姐醒来比较好，等我这边完事了就叫你起来，就这么办。提醒你一下，我更容易后悔，这是我给的建议，你就稍微认真考虑一下吧。”

最后，昴对消失在通道深处的背影如此说道。

虽然由里乌斯没有回话，但对他而言，昴的提议肯定不是坏事——至少昴守信用。

“打扰了。”

昴摇了摇头，打消对由里乌斯的顾虑，推开门步入“绿房间”。房间光线昏暗，依然充斥着绿色，两位少女躺在草编织而成的床上。

安娜塔西亚躺在昴眼前的床上，雷姆躺在里面那张床上。

“最里面是你。”

帕特拉修仰望着前来探望的昴，态度十分自然，就像在说“这是理所当然的”一样。非但如此，爱龙还轻轻让出半张床，为昴腾出地方——让昴坐在雷姆躺的草床边上。

“你这地龙啊，配我真是太浪费了。”

昴苦笑着挠脸，接受了爱龙的好意，在床边坐了下来。

随后，昴对躺在床上的雷姆露出了温柔的微笑。

“由里乌斯说雷姆晚上备受煎熬，不过……”

由里乌斯说错了。

很明显，昴渴望在没人打扰的情况下跟雷姆说话，备受煎熬的人想必不是她，而是昴。

5

不知是谁轻轻摇了摇昴的肩膀，他惊醒了。

“唔？”

昴抬起头，慢慢撑起身体。他朦胧的意识渐渐清晰，逐渐挣脱梦境的狭缝，喃喃道：

“我睡着了吗？”

昴托着下巴，没想到自己竟然睡了一觉。

昴在“绿房间”与熟睡的雷姆聊着天，不知不觉睡着了。他摸了摸脸，他的脸枕在草床上，留下了草的印子。

“看来我也挺累的啊……哦，帕特拉修？”

昴脱口而出，转身面向叫醒他的龙——用尾巴拍昴肩膀的帕特拉修。昴不知道帕特拉修为什么要叫醒他。

然而，就算不问爱龙，理由也一目了然。

昴用余光瞟了一眼，发现周围不对劲，又看了一眼，才惊愕地低声说道：“喂，不会吧？”

房间里总共有两张床，其中一张——安娜塔西亚躺的那张床空了，这让昴一瞬间心凉了。

“亏……亏我还对由里乌斯说了大话……”

不仅睡着了，而且还没发现安娜塔西亚不见了——不对，问题还没完。

“人醒了，然后呢……上哪去了？去找雷德了吗？都不叫醒我？”

安娜塔西亚——严格来说是艾姬多娜，估计她没有理会在房间里睡觉的昴，擅自离开了“绿房间”，这不是好状况。

昴不知道她为什么要擅自离开，她离开的原因应该和由里乌斯的独断专行不同。

“不过，床还温热……我得赶紧去找她。”

草床还温热，而且昴是被帕特拉修叫醒的，估计安娜塔西亚才离开没多久。

“帕特拉修！帮我看着雷姆！还有，谢谢你叫醒了我！”

帕特拉修简短地叫了一声，以示回应，昴朝它挥挥手，手忙脚乱地离开了“绿房间”。

昴心里很慌，他根本想不到安娜塔西亚会去哪里。换成昴，醒来之后最想确认的是爱蜜莉雅和碧翠丝的安危——如果这样想，那安娜塔西亚应该是去找由里乌斯了。

“不对，现在围巾多娜占据了她的身体，不可能这么简单，这样一来……”

昴发觉人手不够。这种时候就不能怕自己不小心睡着的事败露，总之先向其他人报告，让大家帮忙找安娜塔西亚。

“啊？”

昴正准备去下层叫人帮他找安娜塔西亚，突然惊住了。

他惊愕万分，一时哑口无言，接着又不由自主地叫了一声。只有看见不该存在、不可能存在的事物时，人才会不由得惊叫。

昴睁圆双眼，只见一个影子悠然横穿而过。那是一只展开白色双翼的鸟，在不算宽敞的通道中悠然飞走了。

“为什么……塔里有鸟？”

看见不该存在的鸟，昴目瞪口呆。

普勒阿得斯监视塔的墙面没有一扇窗子连通外界，整座塔与世隔绝，只有第五层的大门通向外界。

“等……等一下！”

强烈的蹊跷感驱使昴慌慌张张地追逐远去的鸟。

可他又犹豫了片刻，究竟是该马上去追鸟，还是去叫人？现在是否应该告诉大家安娜塔西亚不见了，告诉大家监视塔里有鸟，向大家请求帮助？

不过，昴选择去追鸟。现在追鸟，很可能跟丢，但无法言喻的直觉驱使他做出了选择。

不用说，飞走的鸟没这么体贴，不会因为昴的叫喊就收起翅膀。鸟在通道里悠然飞翔，仿佛要甩掉昴，独自向着深处不断远去。

昴拼命追，拼命追，最终——

“不见了？怎么可能！”

抵达通道尽头时，昴发出了尖叫。

第四层的通道与监视塔的外形一样呈圆形。不过，通道不是完整的圆形，而是呈现出半圆，剩下一半被墙挡住了。

若将通道比喻为时钟，就是十二点到六点那一半区域有墙，无论从左走还是从右走，都只能走到这两个位置。正因为昴清楚构造，所以他认定只要鸟无法开门，就无法进入房间，所以他必定能抓住鸟。

“不像撞上墙掉下去了。这是怎么回事……”

鸟凭空消失了，连影子也看不见。昴不知道鸟飞到了哪里，困惑地环顾四周。

很遗憾，昴没找到便于鸟藏身的房间。鸟突然出现，突然消失，昴感到莫名其妙，就像做了一场梦。

“这是羽毛？”

昴捡起掉在通道里的白羽毛，这证明鸟确实从这里飞过。他也可以拿着羽毛，回去告诉爱蜜莉雅他们监视塔里有鸟，但这解决不了任何问题。

他也没找到安娜塔西亚消失的线索。

“不，等一下……既然羽毛掉在这里，就表示这里应该有问题……”

昴这样想着，到处调查羽毛周围的地面和墙壁。他不停地拍石制的地面和屋顶，调查附近的房间，还推了推墙壁。

然而，哪里都没有机关。随着时间流逝，他焦躁起来，正当他想着去搬救兵时——

“啊！”

昴的手掠过羽毛掉落的地方，他以为手指要蹭到墙壁，没想到竟直接穿了过去。

昴知道自己没有眼花，战战兢兢地伸出手，没有碰到墙壁。

“可是，这里的墙应该调查过了啊……”

他并非没有调查过这里，于是他又摸了一遍墙，结果发现腰部以上的部分有实体，下面则是虚假的图像。

他回想起入口的幻象让入口看上去像被封死了似的——培提奇乌斯率领的魔女教用洞窟当藏身处，曾经用过这样的机关。

“不入虎穴……喂，这话我说多少遍了。”

只要趴在地上，四肢伏地，就能钻过幻影墙。

昴犹豫了片刻，钻过墙壁，向对面发起了挑战。恐怕鸟低空飞行，穿过这里飞到后面去了。

如果说这里通向外界，或者连接着塔的其他地方——

“啊！”

他穿过墙，钻进黑暗，这段路比他想的要短。

昴钻过幻影墙，出来之后下意识地像把头探出水面般呼吸。他这样做也没有理由，只是抱着潜入暗影的心态屏住了呼吸。

然后，昴发现外界的气体拂过他的脸颊——是寒风。

“哦。”

他睁开眼，眼睛摆脱了黑暗，慢慢适应了外面的世界。

他站在高得超乎想象的地方，夜色中的沙丘映入眼帘。他正俯瞰沙丘，只见漆黑的夜空间繁星闪耀。

在这形似监视塔露台的地方，安娜塔西亚的紫发随风飘扬，无数鸟儿围在她身边。

6

“穿过隧道，便是雪国。”

昴脱口而出的调侃，丝毫无法解释眼前这奇妙的光景。

昴钻的是墙，不是隧道，眼前的景色不是雪国，而是寒风肆虐的夜之沙海。漆黑的天空挂着闪耀的繁星，在监视塔的露台上一眼望去，沙丘如黑色海洋延伸到远方。

昴无法用任何语言准确描述出眼前的景象。

“菜月？”

那人头发随风飘扬，她听见昴沙哑的低语，随即转过身来。

少女轻轻按着浅紫色的波浪鬈发，浅蓝色的眼睛圆滚滚的，雪白的肌肤在夜色中格外显眼。这位容貌楚楚动人的少女正是昴寻找的人。

“这地方的景色真美，太适合晚上来散心了。”

昴惊讶地咂舌，向安娜塔西亚耸了耸肩，他的举动和话语令安娜塔西亚轻轻笑了一声，说道：

“是啊，能看得很远。不过，难得看得这么远，眼前却一片漆黑，太遗憾了，能看见远方的街道也比黑漆漆一片好。”

“这就跟夜晚的海洋似的，倒也不赖。而且，最主要的是……”

说着，昴指向头顶，而不是一览无余的景色。安娜塔西亚顺着昴的手指仰望夜空，只见繁星密布。

“空气又冷又清新，星星看得超清楚。很浪漫吧？”

“星星确实漂亮……到了塔的这个地方，就比沙海弥漫的瘴气高了吧。似乎这样就能看见过去看不见的星星了。”

经昴提醒，安娜塔西亚抬头仰望夜空，嘴角扬起柔和的弧度。昴看着她的反应，在距她五米远的地方停下脚步。

“那么，你要怎么解释？”

“解释？”

“深夜偷偷溜出寝室，穿过谁都不知道的秘密通道，跑到这里一边吹晚风一边跟鸟儿们嬉戏……这未免太可疑了吧。”

安娜塔西亚神情诧异，昴板着脸追问她。

鸟儿们——没错，鸟儿们。

这里只有昴和安娜塔西亚面对面站着，但除了二人，露台还挤满了大量的观众。

观众就是静观其变的鸟儿们，它们一动不动，宛若工艺品。

不止一两只鸟静默着，这数量实在不现实。

在露台外沿休息的鸟儿至少有五十只。虽算得上鸟群，但昴不太愿意将其称之为鸟群，因为聚集在露台的鸟不止一种。

有白鸟，有蓝鸟，有黑鸟，有斑纹鸟，有大鸟，有小鸟，有瘦鸟，有胖鸟，种类繁多、相貌各异的鸟儿们都聚集在一个地方。

这景象比较异常，但眼前鸟儿们的举动更让昴毛骨悚然。

露台聚集了这么多鸟，别说叫声，就连振翅声都听不见。形色各异的鸟儿们在“沉默”的统治下统一行动，定在原地。

“难怪菜月这么不安……”

安娜塔西亚托着脸，解答昴的疑念。

“说那是秘密通道就太夸张了吧，菜月不就来到这里了吗？”

“这个嘛……怎么说呢，算是鸟带我来的吧。”

“要是这么说，那我也一样。我晚上在塔里到处闲逛，逛着逛着看见鸟飞过去了，我很好奇，就追上去了。”

安娜塔西亚眯起眼睛，张开双臂模仿鸟儿展翅。

很明显，昴接受不了她的解释。虽然昴没有证据否定，但天底下怎么可能有这么巧的事？昴也是跟着鸟儿来的，可他自顾自地认定安娜塔西亚的解释不对劲。

“这些鸟儿是……”

“这些鸟儿究竟是怎么回事呢？”

“这是我想问的。”

安娜塔西亚模棱两可的态度就够让昴难受的，但鸟儿只是在远处静观二人，这也让他浑身不自在，他很难从鸟的眼中看出感情。

昴猜不透鸟儿，猜不透露台，猜不透安娜塔西亚的想法。

“这些鸟是我们穿越‘沙时间’时飞的鸟吗？”

“拉姆小姐使用‘千里眼’时借助了它们的力量，它们碰上魔兽的花田，后来也不知道它们去哪里了……不过看来它们都平安抵达了。”

安娜塔西亚微微苦笑，搔了搔鸟的喉咙，鸟也没有反应，她似乎觉得逗鸟很无趣，叹了一口气。

“这些鸟儿一直是这样，我也正发愁呢。”

“根据我的经验来看，我实在无法相信你啊。”

“经验？”

“根据我的经验，贸然撞见这种场面，基本上都有生命危险。”

昴因为贸然行动，经历过无数次死亡。

最早始于宅邸，昴晚上在宅邸徘徊，被雷姆殴打致死。

后面的种种遭遇且略过不说，昴总结经验，得出了结论——贸然行动会招致死亡。如果参考过往经验，他现在的处境相当危险。

“放心好了，我可没有起杀心，而且我对菜月没有敌意，对塔里的其他人也一样……啊，测验官们就另当别论了。”

“夏乌拉和雷德吗？”

昴一说出名字，安娜塔西亚便面露难色，陷入了沉默。

眼见她的反应，昴“啊”地叫了一声。

“你昏迷之后还没听说吧？第二层的测验官……那家伙是

雷德·阿斯特雷亚，初代‘剑圣’，好像是从过去叫来的。”

“这塔的设计一听就离谱……真搞不懂设计师到底是怎么想的。”

听完昴的说明，安娜塔西亚表示很无奈，最后还轻声加了一句。她的话没了卡拉拉基腔，让昴屏住了呼吸。

到目前为止，昴真的一直把她当安娜塔西亚来对待。然而，眼前这女子终究是……

“现在这里只有你我二人，要不要聊聊真心话？”

“嗯……”

“说实话，你披着别人的皮囊，我说再多也没用。不管你怎么说，我都无法真心相信你，所以……”

“你想跟真正的我交谈，而不是扮演安娜的我。”

安娜塔西亚一下子像换了个人似的，仿佛在回应昴的建议。

她的气场与刚才截然不同，她的样貌没有改变，但对峙时的气势陡然一变，眼中流露出的感情、想法和酝酿出的表情转变了。

昴为安娜塔西亚的变化感到惊讶，安娜塔西亚——错，是扮演安娜塔西亚的人工精灵转过身，背靠着露台扶手。

艾姬多娜抚摸着扶手上白鸟的脑袋，说道：

“自从来到这里，像这样单独谈话的确是第一次。”

艾姬多娜接受了昴的提议，惘然一笑。

“你不过来吗？”

“不了，我有点恐高，这里的安全措施不完善，所以我很讨厌这里。”

“你就算毫无戒备地走过来，我也不会把你推下去哟。”

“我就是信不过你这话啊，你在这方面跟原版一模一样。”

露台距离地面几百米，扶手顶多到腰部。艾姬多娜见昴拒绝了她善意的邀请，不禁蹙起了眉头。

“听好了。我已经重复过很多遍了，能不能别把我跟那个所谓的原版魔女相提并论啊？我直说了，拿我跟不认识的人做比较让我极其不愉快，哪怕那是我的造物主也一样。”

“你这说法有点……不过你说得也对，是我不好，我尽力。”

艾姬多娜向昴表达了不满，她的外貌和声音还跟安娜塔西亚一样。

说实话，她指责昴时，语气都和昴熟知的恶劣魔女一样，但要是有人敢说昴和艾姬多娜很像，昴照样会觉得这损害了他的名誉，并强烈表达不满。

“话说回来，真亏你敢毫无戒备地碰那些鸟啊。你就不怕它们突然围上来啄你全身，把你啄死吗？”

“你这想象力要恐怖得多，你总不可能遇上过这种事吧？”

“看起来很可爱的兔子活泼地扑向我，我遇到过这种事。”

所以，后来昴只要看见大量动物聚集在一起就犯怵。

昴经历过很多次“死亡回归”，敢断言没有一次死得很轻松，但是在他的记忆里，那次死亡在所有死亡体验中算最惨的。

“你的脸还真白了啊，那我就不勉强你了，我也不觉得这些鸟亲切。”

或许是昴的脸色太难看了，艾姬多娜很快便将抚摸小鸟的手缩了回来。随后，她将双手放在膝盖上，重新注视着昴，说道：

“好了，你建议我们聊聊真心话……你究竟想跟不再扮演安娜的我聊什么呢？”

“总之，先聊聊这个地方以及你跟鸟的关系吧。”

“关于这个问题，我只能重复一遍以安娜的身份给出的回答。我跟你一样，是被鸟带到这里来的。在来之前，我也一无所知。只不过……”

“只不过？”

艾姬多娜给出一成不变的回答，就在昴即将大失所望时，艾姬多娜留下的一丝悬念令他扬起了眉毛。艾姬多娜看见他的反应，犹豫了片刻后继续说道：

“说实话，我本来也想问你同样的问题。”

“问我同样的问题？”

“因为我一直在扮演安娜，听上去会不会像是开玩笑啊？我是受到指引才来到这里的，而现在，我在这个地方跟你聊天……跟站在塔的入口前的你聊天。你认识这座塔的管理者夏乌拉，至少夏乌拉拿你当朋友。考虑到这些因素，你我二人在这里相遇，你还要指责我，我觉得这样有点卑鄙啊……”

艾姬多娜一句接一句，昴无言以对。她顿了一下，以安娜塔西亚的表情向昴提出了问题。

问题就是……

“菜月昴，你到底是什么人？”

“什么人？这问题是什么意思啊……”

“让我们谈谈前往普利斯提拉之前的事。一年前，你成功讨伐了白鲸和‘怠惰’，在论功行赏典礼结束后，安娜调查过你哟。”

艾姬多娜提及了安娜塔西亚阵营国王选举战略的一环。

调查身为候选人之一的爱蜜莉雅以及获封“骑士”的昴，可以说是选举战的准则。

但是，即便是统领合辛商会的大商人安娜塔西亚·合辛——

“我查不出你的来历。安娜跟我抱怨过，她说只能查到一点情报。我本以为问题不在你身上，而是你周围的人动了手脚才会这样。”

如果阵营内有人对昴的情报实施了管制，那么首先想到的便是罗兹瓦尔，其次则是奥托和库林德。

“总而言之，要说你的经历，我只能追查到国王选举开始前不久，你参与了王都的一点小事。我们找到了证人，说骑士莱因哈鲁特找到候选人之一的菲鲁特时，你也在场。然而，除此之外便没有收获了。”

更早的记录不可能存在。

所以，艾姬多娜——在这个问题上，可以将她看作安娜塔西亚，安娜塔西亚的调查近乎完美地查清了昴的踪迹。

只可惜对艾姬多娜和安娜塔西亚而言，这结果并不理想。

艾姬多娜眯起眼睛，昴无言以对，不知该怎样回答。

一直以来，昴无法说出“死亡回归”的信息，难以分享借此获得的情报。但是，第一次出现今晚这种情况。

菜月昴究竟是什么人？他来历不明，成了问题的死结。

“我……”

“我就像这样把疑问都说出来了。”

“啊？”

昴神色严肃，正准备挤出一句话时，艾姬多娜向他张开了双臂。她的语气过于轻松，让昴不知所措。

眼见昴的反应，艾姬多娜满意地点了一下头，说道：

“嗯，我和安娜认为，你是来历不明却接连立下大功的新晋骑士……直到发生了普利斯提拉的事。你经历了在普利斯提拉跟魔女教展开的战斗，又来到监视塔经历了许多，我知道这些事对你产生了不同影响。在这夜深人静的地方，只有你我二人，你难免会感到不安、有所戒备，还请见谅。”

艾姬多娜放下张开的双臂，面带微笑，歪起了脑袋。

直到艾姬多娜说完，昴依然一头雾水，他嚅动干燥的嘴唇，由衷感到烦恼，不知该如何理解。

不过，在烦恼的时候，昴突然发现——

艾姬多娜放在膝盖上的手在用力，指尖都发白了。

“你该不会真的很害怕吧？”

“这有点伤人啊，你跟夏乌拉到底是什么关系啊？”

艾姬多娜没有回答昴的问题，而是回以另一个问题。

“我以前从没见过夏乌拉，对她一无所知。”

“你那么快就解开了第三层的测验是偶然吗？”

“是偶然。”

“既然如此，你能穿过乍一看无法识破的隐藏通道，偏偏这里还只有我一个人，你来到这里跟我聊天也是偶然吗？”

艾姬多娜喋喋不休，不停地向昴抱怨。

她不断提问，是想告诉昴——

“要我试着换位思考啊……”

“即便如此，结合各种各样的因素考虑，我还是认为你不太可能与我们为敌。希望你明白，我坦露内心想法是为了展现诚意。”

艾姬多娜按着平坦的胸口，证明自己此言非虚。

昴看艾姬多娜这么坦诚，又想起自己的来历和古怪的举动，也非常想相信艾姬多娜说的话。可是想归想——

“看来我的造物主在你心里留下了相当深的伤痕啊。”

考虑到人工精灵艾姬多娜的言行举止与“强欲魔女”艾姬多娜相似，那么，无论她表现得多么有诚意，昴都难以打心底相信她。

可以说，这正是魔女残留的气味。

“我明白你的理由，我也接受，不过信不信就另说了……”

“我非常理解你内心的纠结。”

“就当我在这里偶然遇见你吧。那么，这里是什么地方？

这露台一样的地方是为什么而存在的呢？”

“关于这个问题，我有一个假设。你还记得三天前……沙海发生的事吧？”

“三天前还没抵达监视塔，我只记得这里一片混乱……”

“在那场骚乱中，我们被花魁熊追赶，还被白光袭击了——那好像是夏乌拉干的好事，那么，这个地方就是……”

“那家伙用来监视沙海、狙击敌人的地方吗？”

昴听了艾姬多娜推导出的结论，打了一个响指。

听完她的推测，昴释然了。其实，夏乌拉一直以来都用所谓的“Hell's snipe”远距离狙击接近塔的人。回想起来，监视塔连窗户都没有，在无法观察外界的地方究竟该怎么狙击敌人——

“估计塔的外壁到处都有这种地方吧？据我观察，我们尝试接近塔时，并没接近过这里。”

“那鸟呢？”

“鸟就成谜了，我这样摸，它们也没有反应。只不过，这些鸟摸起来有体温，应该不是人造的。如果有可能，真想解剖看看……”

艾姬多娜低头望着身旁的鸟，残忍地眯起了圆溜溜的眼睛。她向鸟儿伸出手，却又收回手指，凝视着指尖，说道：

“不能再给安娜的身体增加负担了，要是你能帮我把鸟掐死就好说了……”

“这个呀，如果非这样做不可，我倒是可以动手……”

昴被召唤到异世界已一年有余，打过鸟，捕过兔子。当然，为吃而杀戮和为了尝试而杀戮，下手时的心境实在相差太多——

“杀死之后吃了还好说……”

“没错，剩下的粮食怕是不够，这也是个问题。那么，我想麻烦你杀二十多只鸟。”

“要是真把鸟杀了，这一大堆鸟总不可能还无动于衷吧？”

“倒也是，我还挺害怕的。”

艾姬多娜听了，心中也萌生出同样的担忧，不禁掩起嘴角。

二人谈论着危险的话题，鸟儿们对此毫无反应，只是像刚才那样望着昴和艾姬多娜这两个局外人。

“鸟葬”一词闪过昴的脑海，他果断制止了艾姬多娜。

“要动手还是等做好准备再说吧。总之，这事先放一放吧。”

“鸟儿倒是没有逃跑的迹象，明白了，就这么办吧……其实我觉得就算调查这些鸟儿也很难有收获啊。”

“我听你的语气，就像探求心和求知欲更重要一样，能不能别这样？”

艾姬多娜似乎真的不了解魔女的人品，即便如此，昴还是觉得她的一举一动跟原版相近，闹得他不敢大意。因此，他选择无视，询问精灵艾姬多娜。

“这段时间都没问过你，话说安娜塔西亚小姐怎么样了？”

“还是老样子，安娜依然在身体深处沉睡。我是第一次占用身体这么久，要说我一点都不急，那是假话。”

“很急吗？”

“我以前也说过。”

艾姬多娜摸着这具身体平坦的胸部。她闭上眼，暗示安娜塔西亚如今依然在体内沉睡。

“我占用安娜的身体一个多月了。虽说我当时就觉得情况不容乐观……但意识到自己一直消耗安娜的生命，我心里也很沉重，所以必须尽早把身体还给安娜。”

艾姬多娜总结着自己和安娜塔西亚所处的状况，她的话让昴深刻意识到自己以前把她们的处境想得太简单了。

与此同时，昴还认为安娜塔西亚的先天缺陷实在太严重了。

“以这样的身体……以这种伤痕累累的状态，真的能当上国王吗？”

“你的意思是为了我的主人，我应该劝安娜放弃吗？”

“开什么玩笑！我不是这个意思！我……”

“我很清楚安娜绝不会退出，也绝不会放弃。”

昴拉高音调走上前，艾姬多娜回答得坚定且果断。

昴被她的气势震慑住，眨了眨眼。随后，他战战兢兢地嚅动嘴唇：

“安娜塔西亚小姐就这么想要自己的国家吗？哪怕有可能刚到手就得立刻放手，也在所不惜？”

“或许她在位的时间会比别人短，但是安娜利用这短暂的时间，能干得比别人好得多，而且安娜无法放弃王位，她自有理由。”

艾姬多娜怀着对安娜塔西亚的信赖，向有气无力的昴说道。

她提到了安娜塔西亚无法放弃王位的理由——

“因为这是众望所归。”

不知不觉间，艾姬多娜离开扶手走向昴，在露台中央与昴迎面而站。

艾姬多娜浅蓝色的眼睛紧紧地盯着昴的黑眼睛，她说的话让昴无法动弹。

不同于普勒阿得斯监视塔和测验的压力重重压在昴身上。

昴无法动弹，无言以对，艾姬多娜也闭口不言。

二人沉默着，鸟儿扇动翅膀，用振翅声撕裂了冰冷的夜晚，振翅声从后方传来，扑入休憩的鸟群。

这时，昴身后又飞来了一只鸟。

昴依然背对监视塔的外壁站着。既然鸟是从身后飞来的，那就只可能来自监视塔内。

艾姬多娜和昴在飞鸟的指引下，来到了这里。

既然如此，飞来的第三只鸟儿也一样。

“你们刚才说的话是什么意思？”

一道惊愕的话音回荡在露台。来者十分慌乱，信仰像被撼动了。

男子呆站着原地，他的话音令鸟儿们一齐张开了翅膀，那些鸟儿随后发出暴雨般的振翅声，毫不犹豫地飞走了。

鸟儿们飞向夜空，飞向暗夜笼罩下的沙海。

昴和艾姬多娜就像被留在了大海之中。

被留下的还有由里乌斯·尤克历乌斯。

TYPEFACE
WORDS

The only ability I got in a different world "Returns by Death"
I die again and again to save her.

第七章 □□□

Re:从零开始的异世界生活

Re: Life in a different world from zero

1

纷扰的振翅声远去，深渊降临在夜晚的露台。

鸟儿们如同人造物，毫不畏惧地展翅飞向渺茫的夜空，仿佛在说坠入无边无际的天空远比留在这里轻松。

如果真是这样，那昴也完全同意。这一触即发的紧张状况让昴始料未及，眼下可以说是最糟糕的场面。

“你们刚才说的话是什么意思？”

阳台弥漫着紧迫感，由里乌斯一字不差地重新问了一遍。

这句话与他刚才茫然问出口的话内容一样，但他的话音恢复了一点力量，悲伤地证明他内心强大。

不知道他究竟是从什么时候旁听的呢？

面对他的提问，昴绞尽脑汁地思考，终于想到了这个问题——重要的是他是从什么时候旁听的。

不久前，昴面对的是伪装成艾姬多娜的安娜塔西亚，二人聊的内容绝不能冷不丁地告诉由里乌斯。说到底，在此次监视塔之行中，昴和艾姬多娜共享的秘密过于错综复杂，事关“人工精灵”“强欲魔女”“暴食”等各种各样的因素。

状况层出不穷，造就了现状，昴认为和盘托出只会让由里乌斯混乱，给他徒增痛苦，所以才向他隐瞒了详细情况。

其中最重要的事实是安娜塔西亚的精神陷入沉睡，现在是人工精灵艾姬多娜在她体内。

关于这个问题——

“啊，真是的，菜月，你这样怎么行，态度太明显了。”

“啊？”

昴僵住了，艾姬多娜轻轻地戳了戳他的胸口，露出了恬静的微笑。

艾姬多娜的语气、态度和举止和安娜塔西亚如出一辙，昴一时间不知道出了什么事，目瞪口呆。

艾姬多娜将昴晾在一边，像跳舞一样原地转了一圈，说道：

“抱歉啊，由里乌斯。不过，我们并不是有意瞒着你，我只是在跟菜月谈一点旅程结束后的问题。‘绿房间’里不是有雷姆小姐和地龙吗？所以我们才会出来。虽然不用担心他们会说出去，但在有其他人的地方说悄悄话感觉很奇怪吧？所以我们才会换地方……然后我们碰巧找到了合适的地方，仅此而已。”

艾姬多娜在胸前双手合十，微微偏过头说：“原谅我好吗？”

她的举止楚楚可怜，一看就很符合安娜塔西亚的作风。然而安娜塔西亚绝不会如此笨拙地转移话题。

艾姬多娜表现得就像秘密败露以后说些场面话掩饰——其实，或许不是“就像”。

她应该和昴一样没料到这个状况，被打了个措手不及，无非是她行动比昴早了一点而已。

而她的这一举动——

“你不是安娜塔西亚大人吧？希望你能说出你的情况，再想掩饰和隐瞒已经不可能了——我不可能坐视不理。”

由里乌斯犹豫了片刻，正面质问艾姬多娜。

“不是的……”听见里乌斯这么说，艾姬多娜一时间还想反驳。

“我应该说过了，我是不会坐视不理的。”

说着，由里乌斯拔出剑——他已经换掉了折断的骑士剑，剑尖直指艾姬多娜白皙的脖颈。

“由里乌斯，等一下！其实……”

“昴，你也跟我说说——我只是想知道真相。”

由里乌斯始终保持冷静，只想让二人说出真相。

艾姬多娜被骑士剑指着，屏住呼吸，一动不动，浅蓝色的眼睛望着昴，发出求救信号，然而昴也帮不上忙。

“由里乌斯，你从哪里开始听的？”

“从安娜塔西亚大人的身体那里。”

由里乌斯压低声音，回答了昴的问题。

光是这部分内容，就足以扰乱由里乌斯的心，他听了难免会激动。即便如此，他至少看上去保持了镇定，真不愧是他。

二人的对话可能早就超过由里乌斯的心理承受能力，也许他已经愣住了。

“我是长年陪伴着安娜的人工精灵，名叫艾姬多娜。在普利斯提拉跟魔女教大战过后，安娜的精神就一直在身体的深处沉睡。所以，现在控制这具身体的不是安娜，迄今为止，一直是我在扮演安娜。”

事到如今，或许艾姬多娜也认为无法掩饰下去了。

艾姬多娜没有铺垫，以陈述事实的口吻，心平气和地开始说明。

昴等人在普利斯提拉与魔女教展开攻防战时，艾姬多娜曾代替安娜塔西亚与魔女教对决，后来安娜塔西亚的精神便再也没有醒过来。

昴和艾姬多娜向由里乌斯、里卡多和“铁之牙”成员隐瞒了这个事实，为了找出恢复原样的办法来到了监视塔——

这些事只有昴和艾姬多娜知道。

“为什么只跟昴说了这件事？”

“他没有受到大罪司教的权能影响，受混乱影响最小。而且他还是精灵术师，他的契约精灵碧翠丝跟我一样，也是人工精灵。只不过，我一开始也没打算坦白，但是……”

“但是？”

“他看穿了是我在扮演安娜，所以我就跟他说了。”

艾姬多娜说只有昴看穿艾姬多娜在安娜塔西亚体内，由里乌斯听过之后眼神惶惑。

艾姬多娜料到由里乌斯会动摇，所以才难以启齿。

这是理所当然的。昴看穿艾姬多娜的伪装就意味着——

“连一个没什么关系的外人都能发现，我以第一骑士自居，竟然没有发现……”

“等等，笨蛋！你这样说就不对了吧！一码归一码……都怪现状太糟糕了！发生了那么大的事，你当时也自顾不暇吧！不光是你，还有里卡多、蜜蜜他们也一样吧？我之所以能发现……怎么说呢，总之纯属碰巧！”

昴反驳由里乌斯自嘲般的话，想方设法阻止他用语言伤害自己。然而，昴想不出合适的话语，他自嘲没有尽到第一骑士的责任，昴却不知怎么安慰他。

其实由里乌斯能做什么呢？他真的应该受到指责吗？

由里乌斯誓要效忠主君，誓要与同伴们共同辅佐主君，他身为骑士与战友们共度了漫长时间，邂逅了许多人。他在过去的人生中以骑士自居，当他累积起来的一切像沙丘一样轰然崩塌，还怎么要求他不能倒下？还怎么要求他像往常那样毅然？还怎么要求他像往常那样优雅？还怎么要求他当好第一骑士？

如果骑士的身份不允许他像常人一样受伤，那么，骑士的身份对由里乌斯·尤克历乌斯而言是一种诅咒。

“总是能将偶然升华为必然，是第一骑士的义务。”

“什么第一骑士啊……既然如此，就把这麻烦的头衔……”

“你可千万别让我舍弃。我……现在的我，甚至不敢舍弃任何一件事物。”

昴自暴自弃似的安慰，在由里乌斯信奉的骑士道面前根本不堪一击。昴心里万分纠结，喉咙像被堵住，由里乌斯见他说不出话，对他摇了摇头。

“回到原来的话题吧——艾姬多娜，你的目的是什么？”

“把这身体还给安娜。这是我带你们来普勒阿得斯监视塔最主要的理由，帮助‘暴食’和‘色欲’的受害者是次要的。”

“也就是说，目前这样并不是你愿意见到的事态，而现在还没找到让安娜塔西亚大人恢复的办法……就算杀死你也没用。”

由里乌斯的骑士剑依然指着艾姬多娜的脖颈，他气势咄咄逼人，眯起眼睛问道。

见状，艾姬多娜垂下头，轻轻按着自己的胸口，说道：

“我是坏精灵，找各种各样的理由，只为占据安娜的身体……我现在还拿不出证据否定你的推测。所以，假如你认定我的解释是谎言，想消灭我，我也无力阻止你，但是……”

说到这里，艾姬多娜停了下来，顿了一拍后继续说道：

“恐怕在这种情况下，安娜会只剩一具躯壳，无法恢复意识，这还算好的……最坏的情况下，她维持生命的机能出现障碍，甚至可能丧命。”

艾姬多娜对由里乌斯的假说——杀死艾姬多娜的意见，表达了感想。说完之后，她轻轻举起双手，说道：

“当然了，这也可能是我为了保命不得已编出的胡话。我自己也不能肯定我的死无法解决问题。如果我的死能让安娜活得更久，那我也甘愿被你杀死，只不过我确实不想死。”

“你为什么能为安娜塔西亚大人做到这个份上？”

“我跟安娜的关系不完整。所以，或许不能用常规的精灵和精灵术师的关系来理解我们。”

说到这里，艾姬多娜停了下来，望着由里乌斯和昴。

尽管形式不同，但二人都以精灵术师的身份与精灵缔结了正确的关系，让她很羡慕。

“我很喜欢安娜哟。这孩子还很小的时候，我就一直陪在她身边了，所以我不想抛弃她，也希望她能获得幸福——这就是我的理由。”

“由里乌斯，我没有告诉你事实，是不想招来不必要的混乱。如果有可能，我希望安娜能永远隐瞒我的存在。其实在普利斯提拉那一幕发生前，我一直隐藏得很好，多亏这孩子足够坚强。”

然而，和魔女教的纷争揭露了二人长年以来一直保守的秘密，非但如此，安娜塔西亚为这个秘密付出了极大代价，至今仍有生命危险——

“我已经理解了安娜塔西亚大人和你的关系。”

由里乌斯慢慢放下了指着艾姬多娜脖颈的骑士剑。随着一道脆响，他将剑收回剑鞘，眯起了睫毛纤长的眼睛。

“要我全盘相信太难了，但我只能相信。至少我现在不能贸然对你出手。”

“这样啊，很高兴你能做出理性的判断，由里乌斯。想必安娜也乐于见到你这样做吧。”

由里乌斯松开骑士剑的剑柄，没有回应，沉默不语。

但由里乌斯内心根本没有接受这一切，他应该还在纠结。不过，他瞬间便扫清了懊恼，说道：

“我想确认一下，既然你现身要一直消耗安娜塔西亚的魂力……那就表示你越勉强自己，给安娜塔西亚大人的身体施加的负担就会越重，这一点应该不会错。”

“是啊，你说得对。好好吃饭，好好睡觉，适当运动……这是保持健康的方法，这样正好可以抑制魂力的消耗量。”

“这样啊，既然如此……那你为什么在第二层要那样勉强自己？那对安娜塔西亚大人身体造成的负担绝不算轻。听你前面说的，只有那次行动跟你的主张背道而驰，这是为什么？”

“那是因为……”

由里乌斯指出了昴在意的问题。

那时，艾姬多娜为了被打倒在地的由里乌斯，拼死援助他。这看上去既不像演技，也不像别有用心。

当时艾姬多娜只是单纯感到担忧。她一直跟安娜塔西亚生活，确实可能只是担心由里乌斯——但真的只有这个原因吗？

然而，艾姬多娜当场深深鞠了一躬，回答昴和由里乌斯的疑问：

“对不起，我也觉得那样做太失败了。怎么说呢，或许你们会笑话我是门外汉吧，那是我审时度势做出的判断。”

“审时度势做出的判断？”

“当时我不知道第二层的测验官有没有杀意。稍有不慎就有可能失去你，这是我不愿见到的。当然了，这也是为了安娜。而且，当时雷德·阿斯特雷亚背对我……在我看来这也是个好机会，然而我非但没有得手，还给你们添麻烦了。”

艾姬多娜最后又说了一句“对不起”，慢慢直起了身子。

她的解释没有矛盾之处。既然她都承认自己是门外汉，还贸然行动，那昴就找不出证据否定了，只是内心还无法接受。

昴怎么可能轻易接受这种解释。

但是，正当昴准备刨根问底时——

“明白了，希望你今后别再轻举妄动了。不为别人，为的是安娜塔西亚大人。”

“明白了。”

“啊？”

由里乌斯表示理解，选择了接受，艾姬多娜点了点头，答应了他的要求。昴因二人的表现目瞪口呆，于是一脚踢向地面，表示难以接受。

“你为什么能接受她的解释啊……”

“我已经接受了，艾姬多娜也表示今后不会轻举妄动。除此之外，我还能说什么？机缘巧合之下，把你卷进来了，对不起。但这终究是我们安娜塔西亚大人阵营的问题，你不必感到痛心。”

眼见由里乌斯试图撇清问题，昴不甘地咬紧了牙。

竟然说昴不必感到痛心，真是自说自话。

“你管不着我怎么看这件事！”

“而你自己接受了，却不让我接受我自己的问题吗……就像你明知安娜塔西亚大人和艾姬多娜的问题却不告诉我一样。对不起，我说得太重了……但这是事实。”

由里乌斯移开视线，强忍着感情，毫不客气地低声说道。

听着他的声音，看着他固执的态度，昴终于发现他根本没有保持平静。

他心烦意乱，甚至无法掩饰这份慌乱。

他迷失了自我，只剩下对主君的忠诚，而此刻这份忠诚也成了泡影，出于关心向他许下的承诺也作废了。

即便如此也不能感情用事，这是他的原则。

“我无意与你争执。现在必须尽早想出平息事态的办法，这也是为了安娜塔西亚大人。艾姬多娜，我希望你也能全力协助我们。”

“也对，既然已经瞒不下去了，那我就没理由继续扮演安娜了。当然了，只要你允许我以安娜的样貌说话。”

“这个没关系，看见你这个样子，想必我可以更好地告诫自己，必须把安娜塔西亚大人带回来。”

由里乌斯做好了残酷的心理准备，宁可伤害自己。这令艾姬多娜露出了悲伤的表情。不过，由里乌斯仰望天空，没有看见她的表情。

由里乌斯来到露台，似乎才发现头顶的夜空没有瘴气。他眯起眼睛，静静望着闪耀的繁星。

“没必要继续待在这里了，回塔里吧。安娜塔西亚大人身体的问题，还有艾姬多娜的问题，等到明天……还得跟爱蜜莉雅大人她们好好解释一下。”

“嗯，明白了。我也得做好心理准备。”

说着，艾姬多娜迈出脚步，由里乌斯温柔地牵起她的手。想必这和他平日对待安娜塔西亚的方式如出一辙。

无论体内是谁，由里乌斯对安娜塔西亚的忠心都不会改变——哪怕在她身体深处沉睡的安娜塔西亚忘了他。

“由里乌斯！”

由里乌斯的身影让昴深感痛心，昴情急之下大声叫住了他。

即使消失在人们的记忆中，心里依然记得对方，靠着这份心情拼死挣扎——昴痛切地理解由里乌斯的生存之道。

即使想忘也忘不掉，这种心情有时候也是一种动力。

由里乌斯停下脚步，依然牵着艾姬多娜的手，没有回头。

他背挺得格外直。无论心里多么绝望，他都能保持正直。昴见状，心里升腾起一股无名火，说道：

“你就没话想对我说吗？”

昴隐瞒了艾姬多娜和安娜塔西亚身体的问题。

今晚也一样，昴承诺过交换使用“绿房间”，然而他背弃了承诺，在露台跟艾姬多娜秘密谈话。

昴可以辩解，也有理由，这样做并非出于恶意。

即便如此，无论是否有恶意，无论是否有理由，无论是否辩解，昴的心都无法解脱。

所以，昴决定直接破口大骂，一吐为快，要以怒骂宣泄怒火。

昴这样做，究竟是为了消除自己的罪恶感，还是真的为由里乌斯着想？这就不得而知了。想必由里乌斯绝不会这样做。

由里乌斯绝不会怒吼，绝不会将恨意一吐为快——

“当然有，我知道的，我知道你是出于怎样的想法对我隐瞒了事实。你不可能有恶意，只有担心和关怀。我也同意你的担忧，如果我们立场互换，我十之八九也会对你保密吧。”

“但是，即便如此……”

由里乌斯仰望着天空，用尽全力挤出一句话。

“安娜塔西亚大人也好，你也好，我不希望你们认为我是不够格的骑士。”

2

昴独自穿过幻影墙，回到塔中。

安娜塔西亚——不对，艾姬多娜和由里乌斯早早离开了露台，但昴吹着沙海的冷风，发了一会儿呆。

不久前和由里乌斯的对话让昴深受打击，浑身无力。

说实话，昴还以为由里乌斯什么都不会对他说——错，不是这样。

昴心怀内疚，自以为是地认为由里乌斯不会骂他，绝不会让他放下包袱。昴本以为由里乌斯高尚的品格不会允许他感情用事。

然而，事与愿违。由里乌斯最后留下的话语化为棘刺，扎在昴的心上。

昴本以为被骂远比不被骂更好得到解脱。既然如此，为何被棘刺扎得滴血的胸口会如此冰冷痛苦。

“巴鲁斯？”

“姐姐大人？”

听见意想不到的呼唤，昴停下脚步，发现拉姆出现在通道前方。夜深了，她出来散步，用浅红色的眼睛从头到脚打量着昴，说道：

“怎么无精打采的？太不像话了。”

“怎么一见面嘴就这么毒？话说，这么晚了，你在这里干什么啊？”

“这个问题原封不动地还给巴鲁斯……只不过，巴鲁斯这么晚会干什么事，基本能想象到。”

昴听了拉姆一番话，脸颊发僵。眼见他的表现，拉姆耸了耸肩，说道：

“八成又是去跟雷姆抱怨了吧？明明说了也是白说。就算拉姆的妹妹再可爱、再宽容，也不能总是给雷姆出难题啊。”

“啊，你指这个啊，这个嘛，你说得没错。”

拉姆的口吻一如既往，昴轻轻眨了眨眼，露出了苦笑。

拉姆并未看透昴的内心想法，而是根据昴平日的行为猜测。拉姆说得确实没错，昴平时就经常在雷姆身边过夜。

其实今晚也一样，拉姆自然会认为他已经回来了。

不过，今天不光是这样——

“别愁眉苦脸的。”

“好痛。”

“愁眉苦脸、无精打采会让原本就低劣的男人更差劲。既然选择巴鲁斯当骑士，那爱蜜莉雅大人的品格也会受到质疑，赶紧改掉。”

昴垂着头，额头被拉姆弹了一下。

这一下没轻没重，痛得昴泛起了泪花。拉姆百无聊赖地哼了一声。昴无言以对，却感到很安心。

“怎么说呢，姐姐大人真的是姐姐大人啊。”

“哼。别发表恶心人的感想。”

昴揉着额头感叹着，拉姆皱起眉头，仿佛由衷感到厌恶。昴也觉得自己很窝囊，可是她的态度让昴倍感宽慰。

拉姆明明既没有听昴倾诉，也没有设身处地地关心他，问他发生了什么事。

“这么晚了，拉姆来这里干什么啊？”

“真下流。”

“别一上来就把天聊死啊，我也是没话找话……”

昴眼见拉姆冷若冰霜的态度，耸耸肩，轻轻叹了一口气，望向她身后——她走来的通道。

第四层比较开阔，但没什么特别值得关注的设施。第四层就只有“绿房间”，以及从龙车上搬下来的诸多行李，然后——

“通往第二层的阶梯吗？”

“你该不会独自上去了吧？”

“放心吧，拉姆还没这么鲁莽。虽然没有亲眼见过，但拉姆还没自大到以为可以一个人解决雷德·阿斯特雷亚。”

昴想象着不好的事态，歪起嘴角，拉姆见状便嗤之以鼻，否定了他的疑念。

她似乎难掩对由里乌斯独断行为的不满，不过现在提及这件事会刺痛昴的心。

“对了，巴鲁斯跟骑士由里乌斯之间出事了吧？吵架了？”

“我就这么好懂吗？”

“是巴鲁斯好懂，再说了，谁让拉姆这么聪明。主要还是拉姆聪明，所以不必担心——不对，拉姆感觉还是巴鲁斯比较好懂，巴鲁斯得多加注意，巴鲁斯要是被拷问，对方立刻就能猜到巴鲁斯在想什么。”

“你想象我被拷问的情景太可怕了。”

昴揉着脸回答道，拉姆只是眯起了眼睛。昴感觉拉姆不太像开玩笑，打了一个冷战。

考虑到昴的立场，如果在国王选举遇上对爱蜜莉雅有敌意的人，对方确实有可能下狠手。昴觉得还是应该谨记于心。

“这事先放一放，既然如此，你为什么会在这里啊……”

“拉姆没去第二层……只不过，拉姆想去。”

“你不是才说过自己没那么鲁莽吗？你该不会是想趁他睡觉时搞偷袭吧？”

昴也不讨厌为了胜利不择手段的态度。如果说拉姆是打着这个主意，想趁雷德睡着时搞偷袭，那昴还可以理解。

不过，就算拉姆这么做，雷德也未必会因此落败。

“很遗憾，趁雷德睡着了偷袭并不现实，拉姆半路就回来了。雷德就是这么恐怖的怪物。相较之下，加菲看起来太可爱了。”

“混熟之后，加菲尔其实还挺可爱的……”

“拉姆指的不是态度，而是威胁。”

听拉姆的语气，她没有否定加菲尔可爱。不过，毕竟是在谈正事，昴没有提及这一点，而是皱起了眉头。

“拉姆坚信如果大家不择手段，只会让雷德也不择手段。还是得通过对话，必须让雷德在不动真格的情况下感到满足，才能过这一关。”

“你就为了确认这件事，特地一个人去了一趟第二层吗？”

“别让拉姆重复同样的话，没有上到第二层，这对现在的拉姆而言太难了。”

拉姆承认自己的实力确实不过硬，她告诫自己，要挑战第二层必须做好准备。她表示需要花时间准备，昴回想起刚才和艾姬多娜、由里乌斯的谈话，不禁面露难色。

“巴鲁斯？”

“嗯，不，没事……虽然不是没事，不过目前还没事。估计明天就要好好谈一下了。”

“还真会吊人胃口啊。”

“虽然已经拖那么久了，但我总感觉不能由我来说。这次要是再背信弃义，可能就无法挽回了。”

现在的裂痕能不能修复都不好说，昴不想再钉一根木桩进去扩大裂痕。

尽管拉姆无法接受昴懦弱的态度，但还是选择了不再深究。

“不管怎么说，战胜第二层的……雷德，需要费不少力气。要是夏乌拉知道一点有用的情报，至少也会好一点。”

“这个嘛，她确实派不上用场，但也怪不了她。说到底，要是她没帮我们，我们早就在沙丘下面一起变成黑炭了。”

说到底，要是没有夏乌拉，昴一行人甚至都没法抵达第二层的测验。这样一想，进入监视塔后，她的表现确实不配被称为“贤者”，不过只要对她睁一只眼闭一只眼就可以了。

在测验官的帮助下通过测验更罕见。

“要是总讲大道理，肯定会在某个地方无路可走的。”

“我觉得做事不必都光明正大。这得看具体情况……只是这次尤其与我的原则相悖。”

“真沉得住气啊……拉姆可没时间慢慢耗下去。”

拉姆对昴的回答表达了不满，无奈地耸了耸肩。然后，她慢慢转过身去，说道：

“再不睡，明天就该撑不住了，拉姆要回龙车了。”

“啊，嗯。我……我……”

昴无法说明他难以回去的理由。拉姆扭过头来，对含糊其词的昴轻轻叹了一口气。

“随便。要是因为睡眠不足拖后腿了，巴鲁斯就等着被撕成碎片吧。”

“嗯，抱歉……撕成碎片是怎么回事？”

“自行想象。”

拉姆挥了挥手，朝通往下层的阶梯走去。她没有提及昴不愿被提及的问题，让昴靠自己的努力振作起来，这或许是她关心昴的方式。

昴明知拉姆看不见，却仍望着远去的纤细背影举起了手。

“姐姐大人，晚安。明天见。”

“拉姆可不是巴鲁斯的姐姐，别这样叫拉姆。”

拉姆最近不再矢口否认，只是抗拒渐渐接受这个事实。

她留下这句话便走了。待她消失后，昴扭响脖子，轻声说了一句：“好了，该怎么办呢？”

昴没法回龙车，待在“绿房间”也很尴尬。既然如此，那只能好好休息到天亮，或是找个地方干些有意义的事。

“如果只是睡觉，那随便找个房间就行了……”

放行李的房间最合适，那是大家用来开会、吃饭的房间。

房间里堆放着几件行李，用这些行李应该能拼张床，只是睡起来不太舒服。不过，昴可以接受，就当是因果报应。

剩下的就是……

“想想攻略第二层的办法，想想怎样攻略雷德。”

说实话，这才是最有建设性的决定。

只要攻略这座监视塔，就有希望解决眼下大多数问题。虽然不敢肯定，但只要攻略监视塔，状况就会好转。

大家吃晚饭时就探讨过怎样战胜雷德——不能让他动真格，并找出能让他满足的手段，这方针相当粗略。

至少要让方针具体一点，只要能办到——

“对了。”

想到这里，昴打了一个响指。

一个想法像闪电般掠过昴的脑海，他立刻决定了该去哪里。

“如果能成功……”

尽管昴心里并不算十拿九稳，但这一招应该可以大幅推进现状。

昴突发奇想，急不可耐地快步向目的地赶去。

夜晚的监视塔里只回荡着昴凌乱的脚步声。

只回荡着他一个人的脚步声。

3

醒来的感觉就像把头探出水面的瞬间。

捞起沉入梦乡、昏昏欲睡的身体，再呼吸，渐渐熟悉现实世界。这样意识便慢慢苏醒，冒出水面，诞生于世。

沉睡是死亡，苏醒是诞生——要装高深，或许也可以这样形容。

总之，昴抛开这种富有诗意的感慨，意识渐渐觉醒——

“昴！喂，昴，没事吧？”

“喂，呜哇！”

昴一睁眼，就被近在咫尺的姣好面庞惊得滚向一旁。

昴滚了两下，身体忽然悬空，直接摔了下去，磕到了肩膀。

“啊呀！”

“呀！昴，没事吧？怎么突然打滚？”

“没……没有，我也不是故意的……”

昴揉了揉磕在地上的肩膀，轻轻摇摇头，慢慢坐了起来。随后，昴眨了眨眼，困惑极了。

昴正身处绿色房间之中。

密密麻麻的藤蔓遍布房间，盘根错节，彻底遮住了墙壁。房间的外观很离奇，说是由藤蔓构成的房间也能让人信以为真。

昴位于房间中央，他刚才躺在草编成的床上。看样子他从床上滚落，摔了一跤。

昴假装冷静判断道。

“嗯，好像没磕伤，真是太好了。不过，我非常担心，别让我太担惊受怕了。”

“爱蜜莉雅，你这样说，昴是不会反省的。得说重一点，否则昴不会明白我们有多担心。”

“也是啊，看吧，碧翠丝也说你了。碧翠丝说你不见了，她慌极了，找到你的时候看到你倒在地上，差点就哭出来了……”

“用不着说的事就别说了呀！”

昴眼前上演着短剧般的对话。

望着这温馨的一幕，昴一边点头，一边扭头望向身后。他坐在地上，身后不远处弥漫着某种巨大生物的气息。

那是一条大蜥蜴。这条蜥蜴长着黑色鳞片，个头差不多跟马一般大。它竟然靠着昴，鼻尖在他脖子上蹭来蹭去。

昴温柔地抚摸着蜥蜴的头，感叹这蜥蜴真黏人。

然后，昴叹了一口气。

“换句话说，这就是那什么吧。”

昴叹了一口气，冷静地、沉着地、慢慢地说了出来。

两位少女见状，歪起了脑袋。

“昴？”

二人像姐妹一样默契，同时叫了昴的名字。

银发美少女美得耀眼，身穿礼服的少女像精灵般楚楚可怜。

银发美少女、头发梳成钻头卷的小女孩、巨大的蜥蜴、布满植物的房间——

昴张大嘴喊道：

“这就是所谓的异世界召唤吗！”

The only ability I got in a different world "Returns by Death"
I die again and again to save her.

幕间　古老的记忆

Re:从零开始的异世界生活

Re: Life in a different world from zero

女孩，曾经有这样一个女孩。

她很情绪化，常常哭泣，对疼痛很敏感，总是哭个不停。

她只为一件事悲叹，不能原谅弱小的自己。

在她身边，总是充斥着纷争、战争和掠夺。

无论怎样呐喊，无论怎样祈求，无论怎样哭喊，悲伤都绝不会终结。于是，她诅咒命运。

她不断诅咒命运，最后终于意识到:不管再怎么哭也没用。

她恍然大悟，只渴求纯粹的力量。

她渴望力量，想凌驾于他人之上，横扫一切。她不断挑战极限，自我折磨，为了追求极致的强大而奔走，誓要得到一切能得到的力量。

必不可少的不是伤害别人的力量，不是掠夺的力量。

她追求谁都无法企及的力量，追求不可一世的力量，坚信这样便能阻止争斗。

她不停地流泪，渴望拥有力量，不再哭泣。

争斗是力量与力量的碰撞，没有力量，就无法阻止争斗。

无人倾听她的哀叹。愿望落空，哀叹远去，悲伤逐渐笼罩天空。

为什么要若无其事？为什么要伤害他人？为什么受到伤害仍然想活下去？为什么，为什么，为什么？她认为自己已经无路可走。

“孩子在哭，老人在哭，男人在哭，女人在哭，大家都在哭。可是，为什么！”

为了阻止这一切，她只求获得力量。

她磨炼自己，扛下一切痛苦，靠钢铁般的意志贯彻了信念。

她最终到达了。她得到了举世无双的力量，到达了众人无法企及的巅峰。

她立于战场大喊，让大家停止战斗。

以力量压制所有力量，以力量粉碎所有哀叹，以力量蹂躏所有恶意，只为止住泪水而奔走。

她拳打握剑之人，脚踢依赖魔法之人，撕碎张牙舞爪之人，将追求战斗的人全部粉碎，一个不留。

但是，她越是反抗，变得越强，剑、魔法和爪牙也越来越多。

这一切简直就像螺旋，战斗的螺旋。

除了以暴制暴，大家都找不出其他答案支撑自己活下去。

无论是谁，都只知道要赢得战斗。

“为什么？”

自己这样想，到头来还在行使暴力。

她放下鲜血淋漓的拳头，身上沾满敌人的血，仰望天空，号啕大哭。

战斗不会终止。努力和奔走全部徒劳无功，无论是别人还是自己，都绝不会停止流泪。

她不停地奔跑，此时一股绝望终于萦绕在她心头。

她的泪水夺眶而出。

涟涟泪水如此冰凉，饱含着无力与失望。

与此同时，又一股感慨涌上心头。

这股激情将她的内心染得一片漆黑，少女视野通红，大脑一片空白。

她哭着哭着，发现了这感情的本质。

她得知这感情的名称，得知这感情的起源，这才恍然大悟。

一直以来，自己不是因为悲伤而哭泣。

一直以来，自己只是怒不可遏。

人们称这感情为气愤——错，人们称其为“愤怒”。

向这强迫人们流泪的世界、向不肯放弃争斗的人们、向有朝一日必将凋零的荒谬生命——

她挥下铁拳。

不知不觉间，她站了起来，掸去膝盖上肮脏的泥土，再次奔跑起来。

她冲进纷争的人群之中，殴打他们的脸，大声呐喊——

停止战斗，看看天空，听听风声，闻闻花香，和家人、恋人活下去。

她的呐喊第一次撼动了战场。

她一拳砸裂大地，又一腿撕裂风声，她的付出令人们活了下来。人们的伤口愈合，不再悲伤。人们陶醉于温情，争斗失去了意义。

生命回归日常，战场上的哭喊消失不见。

人们不再流泪，人们感谢她。人们大喊，挥手，笑了起来。

然而这一刻，她的身影已然消失。

这是理所当然的。

她还有重任在身，既没有回头的时间，也没有停下脚步的理由。

她追求的是没人哭泣、没有争斗、没有掠夺的世界。

她奔跑，奔跑，不停地奔跑，一次次地挥拳。

直到眼泪都干涸为止，直到打湿脸颊的热泪止住为止。

“愤怒魔女”燃起对悲伤的愤怒，不停地、不停地奔跑下去。

[完]

The only ability I got in a different world "Returns by Death"
I die again and again to save her.

后记

Re:从零开始的异世界生活
Re: Life in a different world from zero

谢谢！我是长月达平with鼠色猫！不对，不是with，而是also鼠色猫！

谢谢大家阅读第22集！上一集巨大的数字让我很惊讶，这次也相当混乱。咦？我这次写的到底是21集，还是22集？不过，前段时间是不是写过啊……我产生了这样的怀疑。

关于集数的数字，我在上一集的后记也聊过了，这次就聊聊时间过得太快吧。长篇轻小说比普通文学作品出版速度更快，“从零”也不例外。

就在这里说一下好了，其实“从零”自从2014年1月第一次出版以来，还从来没放慢过出版速度。本篇22卷，外传加起来有9本！总共出了31本书，身为作家，终于感觉能独当一面了啊。如果有人把这31本都买齐了，那你也称得上职业读者了吧。哎呀，看完30本小说也挺不容易的。真是太感谢了。

好了，借着时间过得太快这个话题，可以发现“从零”一直以来大约每隔三个月就会出版一本……不过，这里有一个大家期待已久的消息。

没错！《Re:从零开始的异世界生活》TV动画第二期！即将播出！

然后，播放延期到7月！各位期待的读者，真是万分抱歉！原因就是那个惊扰世间的可恨病毒。

上一季动画已经过去整整四年了，本以为终于可以为大家献上后续的故事了，结果出了这种事，真是太遗憾了。哎呀，作者当然也很失望。

只不过，陪伴“从零”一路走来的各位职业读者也知道，

TV动画第二期的内容在“从零”之中是很重要的章节（在这里就不说有没有不重要的章节了）。

我希望这段章节能做得很好很好，所以慎重行事也很重要，这也是动画制作人员鼓起勇气做出的决定。所以，虽然动画播放延期了，但相对的，大家还请期待制作更加用心的第二期！

像孩子一样撒泼，大喊遗憾不甘，这种事交给原作者一个人就好了。

唔唔唔，好不甘心，好不甘心，该死的病毒……

怀着对病毒的愤怒，接下来就按照惯例进入致谢环节吧。

责编I先生，这次出了很多事，导致原稿的日程安排得相当紧张，真是对不起。还出了一些岔子影响了各个地方，能赶上出版，我真的放心了。真是非常感谢。

负责插画的大塚老师，这次您也非常辛苦。雷德在“从零”这部作品中属于很重要的角色，您很好地设计出了他的风范，我非常满足！在封面插画方面，还要感谢您对普勒阿得斯监视塔的设计！塔的神秘感十足，太让人钦佩了。

负责设计的草野老师，谢谢您总是在惊人的情报量中取舍，完成鲜明的设计。一眼看过去也没盖过书名，太厉害了。

在《月刊Comic Alive》上，花鸡老师和相川老师负责的第四章漫画版，以及野崎老师负责的《剑鬼恋歌》正在连载！谢谢各位总是能描绘出美丽且魄力十足的故事。

另外，还有MF文库J编辑部的各位、校对、各家书店、各家销售，承蒙各位照顾了。形势真的很严峻，大家齐心合力跨越这道难关吧！

然后在最后，一直支持我的读者们，真的很感谢你们。

虽然发表了TV动画播放延期这一让人遗憾的消息，不过在延期的这段时间里，还请回看过去的小说，回看过去的动画，看看《异世界四重奏》，大家要是能保持高期待，我会很开心的！

那么，既然第22集是以关注新动画来收尾，那第23集又会如何展开呢？各位读者敬请期待，让我们在下集再见。

2020年3月

（不惧雨水和感冒，面对着电脑。）

CHARACTER DESIGN
レイド アストレア
REID ASTREA
眼帯
EYEPATCH
酒
SAKE
飽きた

「举世期待的手游，计划在2020年上线！详情今后会慢慢公布，可以利用「死亡回归」，享受各种各样的IF线……这对我而言是地狱吧？」

「不愧是师匠，比师匠还适合地狱的男人可不多哟！」

「我一点都不高兴！然后，我将见到全新地狱的第23卷计划在六月发售！自己预告自己将看见地狱，不觉得有点像拷问吗？」

「说实话，因为在人家眼中的师匠一切都很耀眼，所以不管师匠说什么都像在向人家求爱！当然了，人家的答复永远是Yes！」

「那就立刻跟爱蜜莉雅炭交换吧。」

「人家拒绝！」

「该死的……我不是因为你才想起来的，从春季开始，去年在影院上映的OVA《冰结之绊》将在史克威尔艾尼克斯的*Manga Up*！上开始连载！」

「是那个偷腥猫和猫的故事对吧！」

「听着就像全是猫的故事，不过那是爱蜜莉雅炭和帕克的故事……于是，消息大致就通知完了。感觉好累啊……」

「啊，那么那么，人家来给师匠按摩！然后顺势搅在一起，再这样那样地亲热……」

「好了，收队！我去找爱蜜莉雅炭和贝亚子了！」

「啊，讨厌！师匠真不给面子！不过这也正中人家的心！」

（注：以上日期均为日本的发售时间。）

「于是，人家和师匠的亲热时间到了！」

「才没到，这里是通知消息的地方！所以，赶紧干完正事收队。」

「哼！师匠真是太不给面子了！不过不过，不给面子的态度也是师匠的魅力，人家又被征服了！哟，花花公子！」

「哪怕是拍我马屁的人也没这样说过我啊！嗨，速战速决，喂！」

「何必害羞呢。」

「听不见，听不见。然后，装听不见通知，最先要宣布的消息是……」

「「从零」TV动画第二期从四月延期到七月了！」

「别说得这么有精神啊！大家很失望的，作者也蛮受打击的哟！」

「怎么说都无法改变事实。所以，人家只关注未来，好好欢庆。啊，好期待七月啊，师匠。」

「或许我该学学你这种乐观的精神。」

「什么？师匠说又爱上人家了……」

「我才没说呢。下一个！「从零」宣布要出手游了！」

「哦，终于要出了啊！人家就说嘛，都去好多游戏出过差了，自己怎么可能不出一个，也就是说，全世界都在期待啊！」